荷花的光影

孙犁之旅

段华◇著

北方文艺出版社

图书在版编目（CIP）数据

荷花的光影：孙犁之旅 / 段华著 . -- 哈尔滨：北方文艺出版社，2018.1

ISBN 978-7-5317-3888-6

Ⅰ . ①荷… Ⅱ . ①段… Ⅲ . ①散文集 – 中国 – 当代
Ⅳ . ① I267

中国版本图书馆 CIP 数据核字（2017）第 127240 号

荷花的光影：孙犁之旅

Hehua de Guangying：Sun Li zhi Lü

作 者 / 段 华

责任编辑 / 王 爽

装帧设计 / 锦色书装

出版发行 / 北方文艺出版社

网 址 / www.bfwy.com

邮 编 / 150080

经 销 / 新华书店

地 址 / 黑龙江现代文化艺术产业园 D 栋 526 室

印 刷 / 北京诚信伟业印刷有限公司

开 本 / 880 × 1230 1/32

字 数 / 140 千

印 张 / 7

版 次 / 2018 年 1 月第 1 版

印 次 / 2018 年 1 月第 1 次印刷

书 号 / ISBN 978-7-5317-3888-6

定 价 / 45.00 元

前排左起：韩映山、孙犁、徐光耀；后排站立者为段华。1994年4月18日摄于孙犁寓所。

目　录

辑三

辑四

序

这本小册子里收集的，是我多年来写孙犁先生的部分文字。之所以称之为文字，而没有称之为通常所说的文章，是因为这里面的文字，写作时间跨度长达30余年，聪明的读者一定可以看出，里面有几篇文字是我在十几岁时的中学时代所写，尚不能够跨入文章的行列。所以，我称之为文字，而不叫文章。把它们编辑在一起，不是为出书而出书，而是为了给喜欢孙犁先生作品的读者以及研究者，提供一些有关孙犁先生的第一手资料。有了这层意思，我也就不顾忌大家的耻笑，而鼓起勇气出版这本书了。

我和孙犁先生交往十几年，阅读他的作品超过40年，迄今没有改变初心，个中滋味自然一言难尽，难于言状。这里，我最想说的是：

支柱：孙犁先生的作品，是我的精神支柱。无论何时，无论何地，我身边都会带着他的作品集，随时随地阅读。当我高兴的时候，当我低落的时候，当我迷茫的时候，当我踌躇的时候，当我寂寞的时候，当我失眠的时候……我就阅读他的作品，如同听他娓娓叙说，而后心情会慢慢平复下来，变得精神轻松和昂然自信，从而安然入睡……

勤奋：孙犁先生是个体弱多病的人，但直到晚年，他仍在勤奋读书，勤奋写作，为广大读者留下了宝贵的精神财富，也使他的作品达到了新的艺术高峰，丰富了祖国的文化遗产。因而，人们尊称他为大家，或者是大师。我觉得什么尊称不重要，重要的是他的那些优秀作品，为中华民族提供了独特的精神成果。如果没有勤奋的劳动，艰苦的付出，是不可能取得成功的。

睿智：无论社会如何变化，出现什么奇谈怪论或怪异思潮，孙犁先生都以战士的面貌保持着冲锋姿态，坚持正确的前进方向，不为任何人任何事所迷惑，透过眼花缭乱的表象看实质，且不畏任何攻击，勇敢发出自己的声音。哪怕有时他的声音那么微弱，他也不退缩半步。读者们可以看看，他从1976年开始写的那些文章，经过40多年的岁月洗礼，都能以完整的队列接受检阅，如果没有睿智的眼光，能做到这些吗？

正直：纵观孙犁先生一生，他都是一个正直的人，一个正直的作家。年轻的时候，在血与火的时代，为了民族的独立、自由和幸福，他和当时那些热血青年一起，在街头奔走，在山里打游击，经受饥饿、酷暑、严寒、疾病，与残暴的日本鬼子作殊死搏斗，以笔为武器，呐喊和冲锋。无论对国家和民族，对战友和普通朋友，在新中国成立前和成立后，他都是以正直的态度一以贯之，从不改变。读他的作品，观他的为人，都可以发觉其中充满了善良和美好。人们感受到的，都是一个正直的灵魂。

到2017年7月，孙犁先生离开我们已经整整15年了。15年来，先生，时时刻刻，我想念您……

是为序。

段　华

2017年9月7日于河南省淮阳县

辑 一

我第一次见孙犁先生

20世纪70年代中期，有一天，我在我父亲的一摞书里随便翻弄，忽然发现一本蓝色书皮、黑色草纸内页的中学语文课本，打开来，里面选有杜鹏程的长篇小说《保卫延安》的片段，另外还有一篇叫《荷花淀》的短篇小说，作者是孙犁。我读了以后，刚开始的那一段："月亮升起来，院子里凉爽得很，干净得很，白天破好的苇眉子潮润润的，正好编席。女人坐在小院当中，手指上缠绕着柔滑修长的苇眉子。苇眉子又薄又细，在她怀里跳跃着。……"一下子就吸引了我的目光，让我恨不得立即读完这篇小说。

后来，我一直想，假如没有我父亲的这一本《语文》课本的话，也许我不会与孙犁先生结缘。因为在我幼小的心灵里，这篇小说留下的印象实在是太深刻，太有冲击力了。从此之后，我就到处找《白洋淀纪事》这本书，因为《荷花淀》是选自这本书的。直到几年后，我才在淮阳县图书馆借到这本书，记得当晚我就是搂着这本书睡觉的。

1982年，我在报纸上看到百花文艺出版社出版《孙犁文集》的消息，就省吃俭用，邮购了一套。那墨绿色的封面，曾经伴我多少个不眠之夜呀。每一次拿起那书，我就觉得激动和高兴。读过了孙犁的大部分作品，我更喜欢他了，幻想着某一天能亲自拜访他。我努力从各种渠道打听他的消息，可是，我所在的县城实在是太偏僻了，得到的他的消息总是不多。

有一天——那时候我在淮阳中学，在学校的读报栏里看到《文汇报》上刊登的孙犁的散文《青春余梦》，很是喜欢。我牺牲了一个中午的时间，一字一句地把这篇文章抄了下来，反复地阅读，并把阅读心得写成一篇文章《树与人》，投寄给创刊不久的《中学生阅读》。很快，杂志社回了信，说是稿子留用了。这也是我所写的关于孙犁的文章中最早的一篇。

过了不久，《中学生阅读》的主编何宝民老师到淮阳出差，到淮阳中学时，校里的领导抓住这个机会让他给同学们做个报告，他在主席台上特意问起了我，而我那天偏偏没有参加这个报告会。报告会结束后，同学和老师都告诉我这个消息，我才在老师的带领下到何先生的住处和他见面。在谈话中，他说他刚刚拜访过孙犁，并鼓励我到天津去找他。又过了两个月，《中学生阅读》刊出了我那篇文章，据我了解，那个栏目刊登的学生作品，迄今为止就我那一篇。

暑假来了，我把我的想法告诉了我的父母，父母也很支持我，就让我借到京津旅游以见世面的机会去看望孙犁先生。

应该说，我对孙犁老人，是怀着敬畏的心情的。对于他这中外闻名的文坛宿斗，我有很大的神秘感。我踏上旅途后，给先生提前发了信，说想见一见他。车轮撞击的节奏远远没有我的心跳得快。车到天津站时，我还忐忑地想：能见上吗？

在多伦道208号（原216号）院，好不容易找到了孙犁先生的住处，我不敢直接进去，就写了一张纸条，央求正在院子里玩耍的一个儿童送进去。拿纸条的孩子还没有出来，一个中年妇女却来了，笑着说孙先生请我赶紧进屋去。我后来知道，这位中年妇女叫杨玉珍，在孙犁先生家里做保姆；一直到老年，她还在孙犁先生家里，直到他卧病在床以后才离开他家。我跟着保姆阿姨一进门，就看到孙犁先生站在那儿等我，我的手和先生那创作过伟大作品的手，紧紧地握在一起。我感到那手的温暖。

让座，倒水……

“你来的信，我收到了，给你来不及回信了。段华呀，你年龄这么小呀！”老人微笑着说。他坐在一把旧藤椅里，靠着一张旧书桌，我注意到书桌边压了一张纸条，写的字大意是：本人年老多病，谈话时间不宜过长。

“我来了，不就行了吗？”我调皮地说。

听了这话，老人爽朗地大笑起来，我也笑了。

“你发表在少年报刊上的文章，我看了。少年老成，却又未脱稚味，是不？”

孙犁先生笑着，我却愕然了。这真是切中肯綮。有读者来信，说我的习作“端庄老成，而又未脱少年稚气”。作为一个少年，不像样的习作能被一个老前辈顾及，并得到中肯的批评，可见老人是多么关心青年。一刹那，我想起他在《农村青年》《少年文艺》《中国青年报》《中学生阅读》等报刊上发表的文章，其中饱含对青少年的殷切关怀。我的心情异常激动，定睛看着面前的老人。他身材高大，精神矍铄，面目清瘦，岁月的海浪在他脸上冲刷出一道道皱痕，他慈祥的笑容令我难忘。

孙犁先生在书屋

作文、做人、生活……谈了20多分钟，他特别要我读读《收获》杂志上谌容写的《散淡的人》。我把这些谈话内容要点，不久后写在了《老人的心》一文里，发表在《河南日报》上。老人拿起四本他新出版的书（这四本书是诗集《白洋淀之曲》《孙犁诗选》，小说集《荷花淀》，文论集精装本《孙犁文论集》），在上面颤巍巍地为我题字，说：“现在，提笔忘字，写个文章就很难。”呵，就这样，老人还写出了《也谈通俗文字》等较长的文论，抨击文坛上的时弊，为我国的文艺事业“熊熊地燃烧着生命”（孙犁：《火炉》）。

孙犁先生的这个情形，我注视了许久许久，鼻子一酸，差点掉下泪来。老人把书递给我时，安详而又语重心长地说：“段华，你年龄还小嘛，要努力学习、努力写作呵。”我感激地接过书，同时，还接过了老人的亲切嘱咐和鼓励。

那是1985年的7月5日，直到现在，我还清楚地记得，我庄重地向老人点点头，老人慈祥舒心地笑了。

我再次见孙犁先生

距上次拜访恰巧一年，1986年7月3日，还是中学生的我又到天津，第二次看望了孙犁先生。这一次，我找了一个摄影师给我拍照片。

到了多伦道上孙犁先生住的大院，我还未登上露台，就听到了老人爽朗的笑声："我看见你来了。"

进屋去，老人给我倒水……那个摄影师这才知道我要合影的对象是谁。他发现是孙犁先生后，心情紧张，竟然手抖了半天，按不下快门。孙犁先生摆着手微笑着对摄影师说："别着急，别着急，慢慢来。"摄影师先给孙犁先生照了一幅单人照，然后我站在先生身边又照了一幅合影，摄影师就先离开了。

屋子里只有我和孙犁先生了，顾不上寒暄，我从提包里掏出了近作，恭敬地呈上；其中有一份《河南日报》，上面登载着我写他的散文《老人的心》，还影印着他写给我的条幅。老人接过去，微笑着对我说：“你写得很好，我很喜欢。你读过很多书，语言功底好，写得流畅，我很喜欢你的语言。你写的都是你见到的、经历的，也就是写实的。这很好，不要写那些你不懂、别人也看不懂的东西。你构思很好。你很有前途，要努力，多读好书，特别是古典名著，争取成功。”

说到这里，老人燃上一支烟，烟雾笼罩着他深思的脸，稍停片刻，他又说下去：

“现在文坛上很乱。你看，色情的、武侠的作品——其实不应叫作品，充斥文坛，就是过去，比如30年代张资平的小说，也没有现在的那么厉害，那么露骨……”

我插上一句道：“我看到，很多同学看这类小说着了迷，连功课也荒废了。”

“哦，”老人又沉吟一下，“我刚才跟你说了一半。问题就在这里，文学作品是教育人的，它的读者大部分是青少年，现在这类作品，说实在的，是把青少年引向邪路。你看，30年代，这类作品印数很少，因为都是私家出版商印的，怕销不出去赔了本。现在可好，这类作品种类和印数多得数也数不清。”说到这里，老人提高了声音：

“段华，你年龄还小，不要读这类东西，告诉同学们，多读名著，古典的东西，加深文学功底，这对你们的写作大有好处。”接着，他又向我谈起了读书问题，说有时被捧得很高的作品并不好，中学生要学会判断优劣，“要学会用自己的眼睛看问题”。

接着，他又向我谈起写作问题，真如甘洌的泉水，汩汩流进我的肺腑；如温馨的春风，款款吹进我的心扉：“比如，你要写一篇散文，如果是记叙文，那就先写你亲身经历的一件事。如果是写感想，也必须写你深深体会过的、认真思考过的，对一种社会现象、一个人或一个事件，确曾有过的真实感想。”

老人喝了一口水，指着《河南日报》上的书法影印又说下去：“任何艺术，比如这书法，都不是一朝一夕成功的，都是多少年刻苦努力、执著追求的结果。”

不知不觉，一个半小时过去了，老人赠给我两本他新出版的外文版小说《荷花淀》和《风云初记》，并在扉页上给我题字。他拿出一封上海文艺出版社编辑陈先法的信让我看，陈先生的信上说孙犁先生的一本新集子《老荒集》已经出版，样书已经寄出。孙犁先生告诉我书还没有到，并说：“等上海文艺出版社出版的《老荒集》样书来了，我再给你寄一本。”我告辞出来，老人送出门，我告诉他许多读者来信问到他的近况时，他满怀激情地说：

“我老了，不能出门，但也常常收到很多少年朋友的信，这使我感动。请你转告他们，感谢他们的关心，我的心是时刻和他们连在一起的；问候他们身体健康，心情愉快，并祝他们学习好。他们有什么事写信给我，就寄到天津日报社吧。”

一霎时，我的思维凝固了，密集于一点，猛然感觉到：孙犁，这位中外著名的老作家，通过50余年的革命和文学创作活动，对我国的现当代文学做出了杰出的贡献，产生了深远的影响。73岁高龄的老人这颗赤诚火热的心，是时刻为着祖国的下一代——青少年朋友跳动着呵！

为了写这篇短文，我又重新听了一次那天的谈话录音，当时的情景宛如今日刚刚发生。我想，把这次的谈话录音整理出来，还是有现实意义的吧。

甘苦心自知

——关于孙犁

一

过多地给孙犁先生唱赞歌，他不会喜欢，我也不会那样做。孙犁先生曾告诉过我："你终究是年龄小，和我接触少，对我了解不太多。"

说我和他接触不太多，确实如此。然而这几年来，我毕竟和他接触多次了，感受着他为人为文的各个方面。

二

春节前，我和南开大学中文系的张学正先生一同去看望他，那天只有他自己在家里。他兴致很好，和我们谈笑，不时出现连珠妙语，屋子里的气氛很热烈。

这时候，我才想起自己还在河南时，有一次来天津办事，突然间染疾卧床，再也走不了了。在天津，我举目无亲，自己又行止困难，不得已托人给河南拍了一份电报，又写了一封信给孙犁先生。

段华在南开大学读书时经常就读书的某一问题向孙犁先生请教

过了两天，河南来人了，照料我回程。而给孙犁先生的信，过了三天他才收到；他自己行动困难，马上让保姆买了东西来看我。自然，保姆未见到我；孙犁先生却不放心，又往河南给我写了一封问候信。

段华在南开读书时与孙犁先生合影

这是一件平常事，但体现着人间温情。我在这里记下这件似乎微不足道的小事，只是想说明，孙犁先生并不是像外界所传言的那样不近人情。

三

倒是有些事，孙犁先生难以去做“人情”。他自己也不讳言，比如他告诉我说：“有些事，别人也让我干，可干不了有什么办法。我身体不好，视力也差。”

孙犁先生说的是实情。《中国新文学大系·小说卷》本来想让孙犁先生在正文前写个导言，但先生考虑到自己年纪大了，精力有限，看不了那么多的作品，于是就实事求是地给负责人回信，说明了情况，请他们谅解，并让他们再找人，以免误事。

这事看起来似乎无情，但反过来想一想，这起码要比那种争出风头、虚张声势的人高出多少倍。

我的第一本书出版时，因为出版社的原因，我请他题的书名未用上。这不仅使我终生遗憾，而且让我心里觉得对不起他。他并没有生气，却反过来安慰我道：“没关系，没关系，我写的字不好。”

四

抗日战争的残酷性，自不待言，日寇丧失人性地戮杀我国人民；但此间中华民族的英勇顽强也让全世界注目，此所谓美与丑的两个极致。孙犁先生说：“善良的东西，美好的东西，能达到一种极致。在一定的时代，在一定的环境，可以达到顶点。我经历了美好的极致，那就是抗日战争。”“看到了真善美的极致，我写了一些作品”（孙犁：《文学和生活的路》），这些作品，影响了一大批读者和作家，也奠定了孙犁先生在文学史上的地位。

但是，有人却一面说“作家爱写什么当然有他自己的自由，何况中国大多数读者的情感趋向和作者一样”，一面又说“在《荷花淀》这类作品中，现实生活中残酷的战争到孙犁的笔下似变得像一场轻松的游戏，作者要表现的美好的极致实在缺乏一种沉实的基础”。（陈越：《我观孙犁》，《文学自由谈》1989年第3期）

我不知道陈越同志是否经历过抗日战争。按照他文中的观点，孙犁先生只有描写了战争的残酷性这个极致，他写的美好极致才有“一种沉实的基础”，那么，陈越同志是不是片面地理解了现实主义呢？文学总是引人积极向上的，如果作品里到处都是硝烟血腥，还能让人感受到这种积极的引导吗？

孙犁先生在文集自序中说过，不管怎样说，他的作品经过岁月的检验，总算列队越过关山完整地走了过来。我们从另一个角度说，孙犁的作品，取信于时代，也将能流传下去。我觉得陈越同志似还不理解孙犁。事实上，孙犁的作品，时时刻刻闪耀着理想的光辉，那光辉就是鼓舞人民追求民族的独立自由和安宁幸福。有意味的是，几十年之后，孙犁先生说了这样一段话，更明确阐述了自己创作的美学思想：“凡是伟大的艺术品，它本身就显耀着一种理想的光辉，这种光辉当然是创造它的艺术家赋予它的。这种理想，当然来自艺术家的心灵。

“不受年代、生活的限制，欣赏这件艺术品的人，都会受到这种理想之光的指引和陶冶。如果站在这件艺术品面前，感受不到这种光辉，受不到陶冶，这样的人是难以从事文艺工作的。

“理想就是美，就是美化人生，充实人生，完善人生，是艺术的生机和结果。失去理想，从反映现实到反映自我，从创造美到创造丑，从单纯到混乱，不只是社会意识的退化，也是作家艺术良知的丧失。”

孙犁先生并不会把外界对他的褒贬放在心上，对陈越同志的一些观点，他也只是宽厚地说：“我觉得人家也没有攻击、谩骂，说得也有点道理，这只是学术认识上的不同。我确实也没写战争的残酷性嘛，这个问题40年前就有人提起过，他发表他的看法也是应该的嘛。”

这与某些人所说的，孙犁总坐在屋里骂人、不近人情的说法，多么不相吻合！报纸上印错了孙犁先生文章中的字，他还说从文意上说得通；甚至有青年抄袭了他的作品，他还宽宥地说青年人急功近利，有时不免做点错事，但不必深究，认识到错误改掉就好。

孙犁先生也知道别人怎样说他，他说：“有些感受，不能不反映到我近年的作品和议论之中。我极力协调这些感受，使它不至流于偏激。有人说某人整天坐在家里骂人，太无聊了。无聊有之，骂人之心，确实没有。既不坐在家里骂人，也不跑到街上捧人。取眼之所见、身之所经为题材；以类型或典型之法去编写；以助人反思、教育后代为目的；以反映真相、汰除恩怨为箴言。如此行文，尚能招怨，则非文章之过，乃世无是非之过也。”

五

天津日报社《文艺》双月刊的主编邹明病逝以后，孙犁先生感到很不好受。一天下午我去看他，他一个人在家，说：“邹明死了，这几天我心里老是闷着。前几天写了四五千字，交给《光明日报》了，发表后你可找去看看。可能是因为邹明跟着我时间长的缘故。”说完，他沉静下来，默默地去抽烟。

这就是后来我在1990年1月18日的《光明日报》上看到的《记邹明》一文，七八十岁的老人，写得那么长，那么真挚深情，简直让人难以置信。五千字的文章里，既写了邹明，又写了自己，还写了他们之间的交往。时代风云、人世沧桑、邹明的优缺点和他不谙官场世故的性情尽在其中。孙犁先生写道：“与其说是记朋友，不如说是记我本人。是哀邹明，也是哀我自己。我们的一生，这样短暂，却充满了风雨、冰雹、雷电，经历了哀伤、凄悲、挣扎，看到了那么多的卑鄙、无耻和丑恶，这是场无可奈何的人生大梦，它的觉醒，常常在瞑目临终之时……现在有的人，就聪明多了。即使已经进入文艺圈的人，也多弃文从商或文商结合。或以文沽名，而后从政；或政余弄文，以邀名声。因而文场芜杂，士林斑驳。干预生活，是干预政治的先声；摆脱政治，是醉心政治的烟幕。文艺便日渐商贾化、政客化、青皮化。”

但愿别再有人说孙犁想摆脱政治，事实上他一再声明说自己相信“‘政治决定文艺’这一科学的说法”，换一个角度去看，“从文场进入官场，这是历代文人无可争议的、一贯的醉心之路。这种道路，已经不是政治侵略文艺，而是文艺侵略政治了”。

孙犁先生认为过去文人和做官分不开，从历史的角度清醒地分析了文人轻视官位的情况，文艺与政治关系的论战。对于现在某些人要淡化政治、淡化生活，孙犁先生发表了自己的看法：

“在作品中，政治可以淡化，生活也可以淡化，但作家的生活欲望，不能淡化。”而且，某些作家赤裸裸地要地位、利益，“这些都与政治有关，作家本身的政治，也淡化不了，而且，有越来越浓化之势。其实，你愿意谈也好，不愿意谈也好，浓化也好，淡化也好，政治是永远不会忘怀文艺，文艺也不会忘怀政治的。欲提高作品格调，必先淡化作家的名利思想。”

因此，孙犁先生一针见血地指出：“近来有些作家常常指责领导、评论家，不按艺术规律办事。很少有人自问，他的‘创作’，是不是完全符合艺术规律。”

六

孙犁先生不是完人，他也有弱点。他幼年体弱，后又脑体有病，至今头仍摇晃不止。按他和北师大郭志刚教授的谈话中所说，这是“抽风病”在幼年给他留的后遗症。此病有时让他眩晕，让他头痛，1956年的一场大病更加重了此种病情。他有时如一个诗人兴奋激动，有时却又沉默寡言；反映到文章里，有时尖利如锋，得罪了不少人，有时却又委婉醇厚，像陈年老酒，但总体来说，孙犁先生晚年的作品有一种淡淡的美丽的寂寞，让人咀嚼不厌。当然，他并不是总是这样，有时也来点幽默，只是这幽默是文人式的文雅，能让人达到心领神会的地步而已。例如，他在《谈杂文》中，很戏谑地写了一段话：

“如果认为凡是国外的，就都是好的，可以拿来的，那就像他讽刺西崽像文人一样，‘英文，英文，一笑，一笑了’。”

我每次去见他，总是他一个人在家里，或读书或写作。尽管

大病之后的孙犁先生

搬到了一个新地方，还是没有什么豪华的摆设。1986年，他就告诉我："他们要给我装电话机，我不让装；他们说这是一种待遇，级别的标志，我要级别有嘛儿用？"关于孙犁的级别，曾有人认为是处级，其实那时他的儿子就快到处级了。一个1938年投身于抗日革命队伍的老同志，早已闻名中外的作家，今天依然在默默地为文学奋斗着。

前几天，我又到他那里看他。他高兴地和我说了一个小时的话。我有时插几句，有时默默地听他兴高采烈地说又写了几篇文章，已在《羊城晚报》《文汇报》上发表，那情景宛若小孩子在向客人展示自己的珍宝一样；也听他谈他喜爱的《随笔》杂志等。

刘熙载在《文概》中说"文章老更成"；黄梨洲在《明儒学案》中谈到王阳明晚年的学问境界，用了王龙溪的两句话："所操益熟，所得益化。”这些话用到孙犁先生身上，正相宜也。

我要告辞时，他拿出新印出的《芸斋小说》到书房里去签名，我在门口等着，保姆阿姨笑着说：

“段华这几年长高了。”

“是的。”我回答着，从孙犁先生手里接过书，下楼骑上车回自己的住处。路上，早春的风迎头吹着，虽还有凉意，心里却很惬意。

1990年3月6日下午　南开大学图书馆

注：此文写完，请孙犁先生审阅，他删去几段似乎歌功颂德的话，并建议我把涉及某作家的一段比较偏激的话删去：“人家倒霉了更不要说人家什么，写文章要宽厚。”我照他的意见办了，这使我又受到了很好的教育。

1990年3月15日下午从孙犁先生处把原稿拿回，晚改讫，在天津南开园。

记忆中的那朵浪花

1987年1月，我和青年作家姚建有京津之行，准备到天津时看望孙犁先生。要见孙犁先生，不能空着手去，给他带点什么东西好呢？吃的穿的日常用的，他肯定不缺；其他土特产，意思也不大；贵重东西呢，更不现实，他既不会接受，我的经济条件也不允许。我们决定带上几件手工艺品：三只用土捏制的泥泥狗，一只草帽虎（俗称皮老虎），一只泥青蛙，一只猴头燕。

我的家乡古称宛丘、陈、陈州，传说中的伏羲画八卦、神农课工之地，《诗经》里专门有《陈风》一章。这里具有悠久的历史和文化传统，民间艺术发达，每年二月二到三月三都有庙会，远近几省的人们都来赶会，十分热闹。由于又快到庙会季节了，泥泥狗很便宜。我给孙犁先生买的三只泥泥狗，不过两元钱。

到天津之后，我们住到多伦道一家旅馆，距孙犁先生住的大院很近。我们去孙犁先生家那天，阳光灿烂，但毕竟是寒冬季节，天还很冷。

孙犁先生正在家里，他从窗前看到我们，赶紧打开门，迎接我们。他爽朗的笑声，立即扑面而来。进到屋里，一下子感觉到很温暖。不过，我和姚建自始至终都没有脱掉棉衣，可见屋子里温度其实并不高。我记得那天孙犁先生穿着灰色薄棉衣。现在保留下来的一张黑白照片，是保姆杨玉珍阿姨拍摄的，效果并不好，可以看到我和姚建站在孙犁先生两侧，三个人都穿着棉衣。

简单寒暄几句，我立即拿出带来的三只泥泥狗。孙犁先生接过来，戴上眼镜审视半天，接着小心地把泥泥狗放到桌子上，摘下眼镜，话题就从泥泥狗展开了。

关于这次谈话的主要内容，我已经写过文章，不再赘述。让我记忆深刻的是，孙犁先生对那三只泥泥狗非常感兴趣。我讲，淮阳的泥泥狗是一种图腾，形式多样，独角兽、四不像、两头马、猴头燕、草帽虎、狮驼猫、猫拉猴、八大高……不一而足。就像我带去的那几只泥泥狗：它们全身涂黑色底，却又用红、黄、白、绿、粉五色，绘以点线结构的各种图案，有漆器文化的风格；每个泥泥狗都有孔，可以呜呜吹响，深受儿童的喜爱。

听到这里，孙犁先生说，他童年时也在庙会上买过泥泥狗，这些古朴的土制玩意儿，给童年带来很多的欢乐。说到这里，他特别提到了一种中国古老的乐器：埙。他说，这在中国古典文学里也有记载，形如鸡蛋，大的五孔，小的三孔，可以吹出十二平均律。这些都是我当时不了解的知识。说到这里，孙犁先生戴上眼镜，拿起桌上的那只草帽虎，端详后又小心翼翼地放到桌上，生怕碰掉了一点彩色漆。我至今记得他专心致志端详草帽虎的样子。

我说，老家那里的泥泥狗也有埙，但是，我没有想到带来一只。孙犁先生没有再谈这个问题，拿过姚建带去的一本《远道集》，在上面写下“姚建同志留念 孙犁 一九八七年一月”。这本书，因为天津塘沽的朋友赵斌十分喜欢收藏，如今已被赵斌保存了。那天，孙犁先生还谈到其他的文艺问题。

这次见他，自始至终，他都很健谈，是关于泥泥狗的话题引起了他的兴趣吧！但我觉得，也许是这个话题引起了他记忆深处的一些美好回忆。

三个月后，孙犁先生写作《芸斋小说——杨墨》，特意在最后提到我送给他的这几只泥泥狗。

到现在我一直很后悔，为什么当时不多带去一只泥泥狗埙呢？哪怕是后来再给孙犁先生带去也行啊。

孙犁题字

那是1994年2月，我所在的报社内部进行人员调整，我从总编室调到副刊部工作。

到副刊部以后，我一面组稿，一面和同事商量一些栏目。商量来商量去，我们决定把副刊的名称定为《森林》，并且分为文学、文化、生活和社会四个专题。

名称有了，我们又商量着请个名家题写刊头。想来想去，大家都没有找到合适的人选。最后，主任以征询的目光看着我问：“请孙犁先生题写怎么样？”

我马上表示赞同，并且自告奋勇地说我去求先生；拍完胸脯以后，我心里又打鼓了：孙犁先生会答应吗？

应该说，我已求孙犁先生写过不少字。1985年，他给我写过；我在南开大学时，他先后给我写过好几幅——那时可都是出于私交，而非工作上的事情呵！

从北京到天津并不太远，我们的车上午九点出发，十点多就到了孙犁先生的楼下。到了门前，我轻轻地敲了敲，他却在独单屋那边开了门，看见是我，略有意外地说：“是段华啊，快进来吧。”

孙犁先生为《中国林业报》副刊题字

进了独单屋里，看到好像刚吃过早饭的样子，桌子上的碗、筷子还没收拾。他让我和我的同事先坐下来，给我们每人倒了一杯水，然后关切地问我的工作情况。我向他略述了近况，然后提出了写刊头的请求。因为怕他不答应，向领导交不了差，我急切得声音都走了调儿。

但先生还是听清了我的请求，马上爽朗地回答：“好，我给你题，就怕我写不好。”我高兴得哈哈大笑，一颗悬着的心落了地；在我的记忆里，我到过先生家多次，这是第一次显得这么张狂和放浪。

先生并没有不快的表示，他一边笑，一边把我们带到隔壁偏单的屋子——在这里，他经常会见全国各地慕名而来的客人，写出一篇篇令人击掌的精彩文章。

此时，先生把宣纸在桌上铺好，往砚台里浇了一点水，开始慢慢地研墨。他研得很慢很仔细，生怕墨不匀，影响效果。他一边研墨，一边回过头来，问我最近又读了什么书，写了什么东西。当我回答说我正在读些外国前卫作家的小说时，他连声说：“好，好，青年人多读外国的作品，可知世界文化发展的状况。”这句话，在他以后给我的信中，又几次写到。

正在他聚精会神地写字的时候，保姆阿姨回来了，她说：“大叔前两天感冒了，还没痊愈。”这么说，孙老是拖着病体给我题字了。此时，他已把字写好，正在桌子边端详着。在研墨和题字的过程中，他一直是站立着的，近20分钟的时间过去了，对于一个80余岁的老人来说，是多么不容易呵！

孙犁先生共题写了三次，每一次都很认真。他一边说写得不好，让我从中挑选一幅合适的用，一边坐下来喘了一口气。我把字接过来，心里一股说不出来的滋味。后来，我仔细地把他的字制了版，他看到后，在给我的信中谦虚地说：“刊头，版制得很好，显得我写的字也好看了许多。”各地报刊界的朋友看到后，包括《人民日报》在内，也纷纷请他题写刊头。

离开他家的时候，二月份的天津气温还很低，我心里却是热乎乎的。他送我到门口，笑着说再来。

十多年的时间过去了。今天，在北京的深夜，在明亮的灯下，凝视着孙老当年题写的、我珍藏下来的“森林”，默默祝他在天国幸福的同时，我心里的热情又重新泛起，耳边重新荡着他爽朗的笑声了。

我做“撑渡工”

有朋友问我：“见孙犁先生难不难？”我说不难，因为我做过十多次“撑渡工”，把一些想拜访先生的朋友带到先生家里。当然情景各异，现在简单说几个例子吧。

河南诗人A，要在天津出版一册诗集，由我牵线，请南开大学中文系李丽中教授写了序言。序言写好，A到天津，签订合同，取回序言，就去东站买火车票回河南。火车票难买，是第三天早上的车票，不得不多停留一天。晚上，他低头喝着闷酒，我一边陪着他，一边翻孙犁先生的《无为集》，是先生刚刚赠给我的。A把书拿过去，发现扉页有孙犁先生给我的题字，就来神了，问我：“明天你能不能带我拜访孙犁先生？我很崇拜他。”那时候我还年轻，没什么顾虑，已经领过一些人到孙犁先生那里，就痛快地答应了他。

第二天上午十点多，我们到了蛇形楼，敲门进去，孙犁先生把A让到正对门的沙发上坐下来，我给A倒了杯开水。A那时候正在编一本地区文联的杂志，他送给孙犁先生最新的一期。谈话就从编刊物开始。孙犁先生先后三次强调，编杂志发稿件不能看面子，讲关系。聊过编刊物，又开始说写诗的事情。总之，这次拜访很愉快。十几分钟后离开，走到楼下，A还深情地回望孙犁先生家的窗户。这个细节，如今我还记得很清楚。

作家B到天津出差，和我相熟。提前和我联系，说想见见孙犁先生。离津那天，他特意买了晚间的火车票，让我带他去拜见孙犁先生。下午，大概五点钟，我们到达时，先生一个人在家。他把我们让进屋，坐在通常接待客人的沙发上。他照例坐在他的椅子上，背对窗户，开始交谈。那天天气不太好，谈话的时候屋里已经比较暗了，孙犁先生没有开灯。一直到保姆杨玉珍阿姨从外边买菜回来，要做晚饭了，我们还在谈着，不仅谈中国文学，还谈到亚非拉文学。谈话的内容，B后来也写进了文章，在天津一家报纸上发表。当我们就要告辞时，未料想B从随身携带的公文包里掏出几本孙犁作品集，请先生签名。我看见先生犹豫了一下，但还是在书上一一签了名。

我觉得事情不妙，第二天上午，又到孙犁先生家里去。谈了几句闲话，先生就问我，B做什么工作。我回答了，并说他与著名作家某某很熟。先生说："今后别带他来了。"我若有所思，点了点头。

北京搞摄影的C君本来和我并不太熟，他看到我另一个朋友李惠均拍摄的孙犁先生的照片在报纸上登出来，就通过朋友搭桥，央求我带他去给先生拍照。临行之前，我从北京给孙犁先生打了电话，电话是他本人接的，他同意了。那是1994年的初夏。当我们到达天津的时候，先生已经穿戴整齐，等着我们了。我们进去，先生坐在椅子上，让C君拍照。那时候，C君正在一家专业类的报纸做摄影记者，临行之前，领导给他布置了任务，一定要拍好孙犁先生的照片。也许是完成任务心切，为了取得良好的拍好效果，C君不时指挥孙犁先生摆出一些姿势。那时候孙犁先生刚刚做过大手术，出院后不久，身体还很虚弱。C君不知道这些情况，不停地要孙犁先生摆姿势。也许是体力不支了，也许是不高兴了，先生往椅子上一坐，坚决地对我说："段华，不拍了！不拍了！"C君当时就尴尬地站在那里。

这是我十几次做"撑渡工"，带朋友到孙犁先生家里，客人的要求唯一一次被坚决拒绝。

依依深情的一握

打开电脑，要写这篇文章，我还没有敲击键盘，眼前就出现了孙犁先生那依依深情的一握……

21世纪以不可阻挡的脚步，把我们拉进新世纪第一个春天，我想回天津看望孙犁先生。我先和刘宗武通了电话，请他一起前去。

孙犁先生住院后，如果有机会，我都会到天津看望他。孙犁，这是一个很神奇的名字，如同大海一样，充满了伟大、丰富和复杂的魅力；对于我来说，近似于精神的港湾。和先生交往十几年，他高尚的人格，杰出的作品，给了我无穷的力量、慰藉和感召。他卧病在床后，特别是到后期，有时候陷于一种精神空洞的状态，时而清醒，时而混沌。尽管如此，我也愿意经常去看望他，哪怕是在他身边默默坐一会儿，也可获得新的动力。

往常去看望孙犁先生，我一个人去。这次恰好我夫人陈政政在家休息，我就让她带上儿子一起前去。夫人和孙犁先生见过面，我们结婚时，先生写过条幅祝贺。第一次见到她时，先生还和她谈起了她的工作，询问她单位的建筑结构、疗养区布局有什么变化。我这才明白，1956年以后，孙犁先生曾经在北京疗养时住的苏联红十字医院，就是她目前工作的单位——这真是意外的缘分啊。

上午11点，老刘已在寒风中等我们。我精心挑了一个鲜花篮，由老刘提着，走在前面，到总医院南区住院楼。电梯在十楼停下来，1039，这个病房的号码，我是多么熟悉啊。

进入病房，温暖如春。值班的特护认识我，她接过花篮，放在窗台上，屋子里霎时似乎充满了温馨的花香。老刘走在前面，说：“孙老，段华来看你了。”我马上趋前，也小声说：“孙老，我带着儿子和夫人看您来了。”没想到孙犁先生大声说了一句：“坐！”意思是让我们坐下来，我马上说好，拉过椅子在床前坐下来。

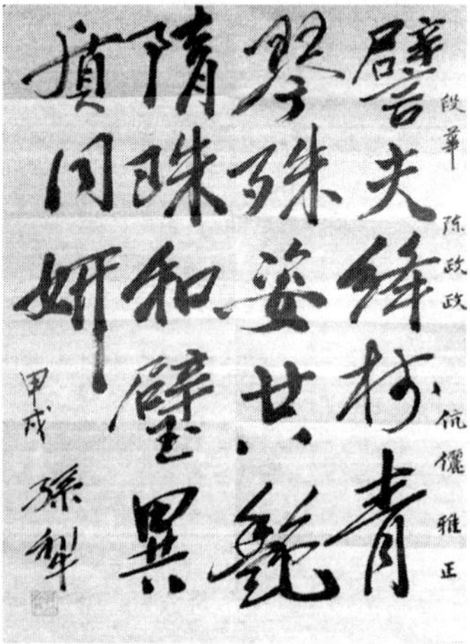

孙犁先生赠段华夫妇的条幅

特护说最近几天孙老饭量不错，脸色也红润一点了。接着，她小声告诉我，孙犁先生有的时候会突然大声说：“走，快走，日本（鬼子）来了！”这说明抗日战争的经历，在他内心留下深刻的印记。孙犁先生曾说：“我的创作，从抗日战争开始，是我个人对这一伟大时代所做的真实记录。其中也反映了我的思想，我的感情，我的前进脚步，我的悲欢离合。”孙犁先生一生是和时代的风云、民族的命运血肉相连、息息相关的，因此，他才在潜意识驱使下说出那些话来吧。

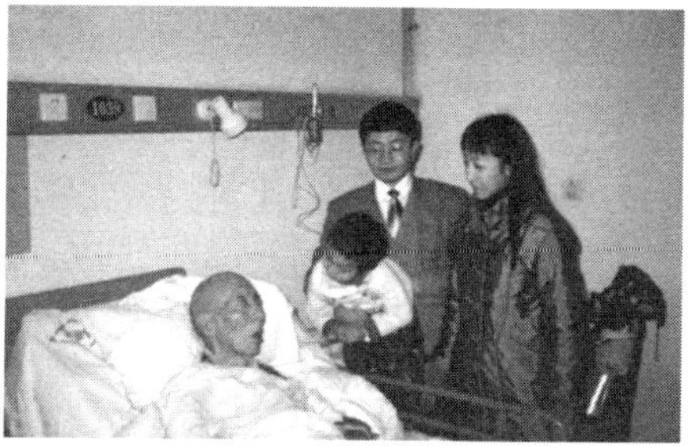
段华携妻子陈政政及幼子探望孙犁先生

孙犁先生眼睛一直微微闭着，左手正在输液，盖着薄薄的白被子，屋子里充满了宁静之气。是的，少小离家，投笔从戎，为国家和民族奋斗一生的孙犁老人，是要好好休息一下了。此刻，被子在他身上无规则地起伏，却也似乎泰然自若，巧配着这位宁静的老人。

坐了几分钟，我们要离开了。我在前面，夫人抱着儿子站在我身后，靠近孙犁先生。我俯下身轻声说：“孙老，您多保重，我们要走了。”他大声说：“休息！”意思是让我们走，他要休息。我抱住儿子许田宇说：“快和老爷爷再见。”两岁多的儿子懂事地对着孙犁先生向前探出身，并且伸过手去。在这一刻，谁都没有想到的一幕发生了：孙犁先生睁开了双眼，看着我儿子，他动了动右手，接着，颤抖着，颤抖着，似乎用尽了全身的力气，慢慢，慢慢，抬起了右臂，用他那写出不朽杰作的右手，努力握住了我儿子的小手，好半天没有放开……

站在一边的老刘，立即按下照相机快门。

这深情的一握啊！我的眼泪刷地流了下来，激越的情怀在心里奔腾起来。在生命之火几乎燃尽的时刻，孙犁先生这深情的一握，永远地留在了他的崇敬者的心灵深处。

十几年过去了，那张照片仍插在我的影集里。

记忆的流云升起来

——孙犁五年祭

养　生

孙犁先生的身体素质，一向是不太好的，出生的时候，他的母亲弄碎馒头煮粥喂他喝下去，才救了他一命。

幼年时期，他的身体也不好，经常到附近的村庄看病。因为年龄小和身体不好，在育德中学读书时还休了一年学。

抗日战争和解放战争时，他就那样挺过来了。1956年，他写完（实际上没有写完，病后匆匆忙忙补写了最后一节）中篇小说《铁木前传》后，摔了一跤，大病一场，从此进入十年的养病期。

进入古稀之年后，他才重新焕发出热情和活力。他充沛的精力，超常的记忆力，敏捷的思维，如果没有良好的身体做支撑，实在是不可能达到的。晚年时，他写了那么多内容充实、见解不凡、文风典雅、动人心弦的文章，固然与他的文学素养有关，但也不能不说是健康的身心为他的创作打下了坚实的基础。

平时，孙犁先生很少谈到“养生”之道，但他自有他的办法。例如，他在文章中就曾经写道：“我好喝棒子面粥，几乎长年不断，晚上多煮一些，第二天早晨，还可以吃一顿。秋后，如果再加些菜叶、红薯、胡萝卜什么的，就更好吃了。冬天坐在暖炕上，两手捧碗，缩脖而啜之，确实像郑板桥说的，是人生一大享受。”（《吃粥有感》）可以看出，这是他的养生之道。

有一次我到他家里去，当时他还在多伦道住，他说刚刚病了一场，拉肚子，“是吃了农贸市场的酱牛肉引起的，肉不卫生”。说完，他苦笑了：“是我不注意养生之道。”他又加了一句。这是我第一次听他谈到“养生”两个字。

还有一次，他和我谈到他的养生之道，这算是比较系统的了。那是1990年夏季，我感冒了，发烧，还拉肚子，半个多月没到他家里去。后来我去看他，他问清情况后，开始和我谈起他的养生之道：

生活要有规律。要按时起居和作息，不能多熬夜。“你还年轻，到老了就知道熬夜的坏处了。”他说。可惜，我这一条做得不太好，到现在还时常熬夜，忙于工作和其他杂事，白了少年头。

要放平心态，尤其对名呀、利呀、官呀，看淡一些，不急功近利，一切出于自然。

要少吃药，尽量利用自身的抵抗力让身体慢慢恢复。“是药三分毒，吃了就有副作用。你这次感冒，应该大量喝水，借以带走体内的热量。”谈到我腹泻，他知道我属于胃寒，就说：“你平时少吃寒冷的东西，用什么东西捂着胃。”

还要勤于动脑，勤于动手，多读书，多记笔记，写点不费力的文章，“这也是养生之道”，他说。在写文章之余，要经常活动手和脚，累了的时候，就停下来，观观花，浇浇水，喂喂鱼，或拿出来字、画及其他一些小玩意儿欣赏，借以休憩。有的时候，他就带着我，在他书柜前欣赏一些小玩意儿。还有一次，我去的时候，他正在阳台上修剪花枝，笑着告诉我：“休息一下，我休息一下。”

最后一条，就是要加强锻炼，做些力所能及的运动。“年轻时锻炼好了，终生享用不尽。你喜欢乒乓球，就多打几次。我喜欢散步，或是写书法。你看我现在走步和嗓音大，都是年轻时当八路军锻炼出来的。”他说。

确实是这样，孙犁先生的养生之道是坚持终生的。在晚年时，他还坚持散步，只要天气许可，从不落下一天。尤其是家搬到了鞍山西道以后，早上起床，他就拄着拐棍下楼散步，或到鞍山西道，或在小区里围着楼群走。有的时候，我就提前到他楼下陪他散步。

天还早，城市还没有完全从沉睡中醒来。小区里也很安静，我陪他走着，他的拐杖在地上慢慢敲击，“嗒——嗒——”，声音清幽，伴随着他的步伐，传得很远很远……

练　字

世人对孙犁先生的文学作品了解较多，对他的字却了解不多。

孙犁先生作为一个有中国古典艺术气质的文人，自然对中国的书法艺术也有涉猎。1964年1月11日下午，养病中的孙犁先生在给冉淮舟的信中说："中国书法，由隶而楷，楷书以不失隶法者为上，欧字是也。"11天后，他又在信中告诉冉淮舟："皇甫碑推为欧书首作，一些书法家并谓初学者应首临之帖，因此送你一临。……欧字实好，不比较则不知，如与唐碑其他作家相比，我最喜爱他的字。他的碑除此以外，尚有九成宫、虞恭公、化度寺之类。据称，欧字上溯《兰亭》，雄视有唐一代，并为此后楷书典基。"

从以上的话可以看出，孙犁先生的书法在形和神上是取法欧阳询的。对照吴昌硕和鲁迅先生的手迹，可以明显看出孙犁先生也有意识地临摹了他们的字形风骨。

在以后的日子里，孙犁先生在给韩映山、徐光耀等人的信里，也专门谈到他对书法艺术的看法。而且，我猜测在战争年代，他就有意识地经常用毛笔字写文章、写信，借以习练自己的书法。尤其是他那些脍炙人口的《书衣文录》，几乎都是用毛笔题写在书皮上的。我以为，《书衣文录》不仅为孙犁先生晚年创作打下了文字的基础，也是他的书法艺术从一般到成熟，形成自己的特色的一个标志。

书法作为一个独立的艺术门派，在中国已经存在了很长时间，产生了众多的书法大家。但在文人圈里，汉唐时期在书法绘画上有成就的人却几乎没有，至宋代以后，才有了苏东坡等几个人。明清时文人兼书家也有一些，至现代社会，则有沈尹默、丰子恺等一些人，但毕竟是凤毛麟角。至于当代一些作家，虽号称书法家、绘画家，水平到底如何，世人有目共睹，我不多说也罢。

我不是书法家，对孙犁先生的书法到底如何准确地评价，有待大家去做。在我看来，孙犁先生的字，有时写得端正，有时写得随意，似乎用中锋不多。我收有他全部的致康濯和韩映山的信件复印件，大部分是用毛笔写的，把那些信随便拿出几页来，挂在书架前欣赏，实在是一种享受：字如其人，先生的字自显出一种文人的风骨、文人的书卷味，以及他的冲淡与率真的性情。

我曾经多次看到孙犁先生练字，每一次他都很认真，很专心。有一次，我一边给他磨墨，一边听他谈一些心得，他说："练字如写文章，不用心进去是写不好的。"

那一次我是代人向他求字，研好墨后，他让我坐到一边别出声，他自己铺好纸，审视半天，想来是在进行构思，然后就把几个字写好了。

我在中学时，曾把我的一个老师张云生先生写的字"心游万仞，精骛八极"，给孙犁先生看。张先生在豫东一带名气很大，字也写得好。孙犁先生看了半天，笑着告诉我：

"人家才是书法家的作品，有功力，有章法。我的字不行，是随便写的。"

又有一次，武汉的作家周翼南给孙犁先生写了一封信，并随信寄了一幅自己的字。孙犁先生收到后，对周氏的字颇为欣赏（周氏还寄给他两幅画）。周先生的地址写得不清楚，孙犁先生就把给他的信和回赠他的一幅字于1994年4月10日寄到我这里，请我转寄给他。周先生在书、画上的题款署名为"无风楼主"，孙犁先生还称赞了“无风楼主”的书法——其实，他还不知道“无风楼主”就是周翼南的雅称。

1990年11月的一天，我到孙犁先生家里去看他，进屋后发现散文家、《散文》杂志当时的负责人之一贾宝泉先生已在屋里，正在往小本上抄录着什么。我抬头一看，原来在书架上，有一个新做的颇大的玻璃镜框，里面装着孙犁先生新写的一幅字，是他才作的一首诗，诗曰：“不自修饰不自哀，不信人间有蓬莱。阴晴冷暖随日过，此生只待化尘埃。”我当时想要，碍于别人在场，也没有开口；过了一会儿，就和贾先生一起与他告辞了。

但我有点不甘心，第二天上午，就又去找孙犁先生，指着那幅字说我想要，没想到他马上答应了，让我帮着他从镜框里取下字来，给他研好墨，他题上了“段华同志存念　庚午冬季　孙犁”几个字。等了一会儿，字干了，他一边轻轻地折叠好，装到一个大信封里递给我，一边说：“这首诗情绪有点低沉了，字你自己欣赏吧，没有公开发表以前，你别拿出去发表。”

正因为恪守着孙犁先生的这个嘱咐，在《孙犁全集》出版时，收进去的这一首诗就拟题为《赠鉴雪》，时间为1994年春天——我没有让出版社改过来。

如今，他的这幅墨宝已经成了绝品。

我曾经向他询问过写字的一些事，1995年5月5日（这距他发病日仅仅十天，从此后他不再写文章，不再读书，给友人也仅仅写了几封短信），他在信中告诉我：“这很简单，买一些字帖看看，现在出版很多书法大全之类的书，很好买。然后，找机会用毛笔写字，例如写信、记日记等等，写稿则不太方便，还用钢笔。”

我想，话虽简单，却是他一生习练书法得来的至理吧。

赠　书

孙犁先生不但自己书多，而且别人也给他送了不少书，诸如老战友、各地作者以及报刊社、出版社等。孙犁先生收到别人寄来的书，阅读完之后，凡是有题签的，他都专门放到一个书架里，供家人阅读和朋友们使用。而另外的一些书，他会根据书的性质和内容，赠给不同的人，以使书的作用发挥到最大。

当然，孙犁先生自己的作品集，每出版一册，他都会适当地赠给一些友人。在赠书的时候，孙犁先生会工工整整地在扉页上题字："××同志正"，然后签上自己的名字和年月。而同样是他的作品集，如果是拿到他那里请他签名，他原则上就写"××同志留念"，然后签上姓名和年月。有一次，孔夫子旧书网上有一个朋友花100元钱买了一册《孙犁散文选》，上面有孙犁先生的签名，并说是在一个图书发行活动的签名现场得到的。我告诉那个朋友，首先，这本书上模仿的孙犁签名虽然是很像，但我能判断出来是假的；其次，题字"××先生指教"不是孙犁的题签风格；再次是，晚年的孙犁从不会参加这种签名售书活动。

我曾经领过不少人到孙犁先生家里拜访，例如青年作家姚建、青年诗人梁辛、文艺理论家郑恩波等，他们带去的书，孙犁先生签名时就写"留念"，赠送的书就写"正"或"指正"。他在送给姚建的一册书上就写"姚建同志正　孙犁　一九九〇年元月"。他在郑恩波带去的书上，写的就是"留念"。说到郑恩波，我想起另外一件事。我带郑恩波去孙老家时，他还在中国社会科学院科研处任副处长，后来才调到中国艺术研究院当代文艺研究室当主任。1993年2月，我从天津到北京，顺便看望刘绍棠先生，他向我询问孙犁先生的近况，我都向他一一讲了。我说孙犁先生身体不太好，他很担心，就拿出了他的四本书和一本《古寿千幅》，题字后托我送给孙犁先生。在20世纪80年代，孙犁先生和绍棠先生有过一次误解，具体说来就是孙犁先生写了三篇《芸斋小说》，通过刘先生准备在《北京文学》上发表，编辑部想让孙犁先生拟一个总题（那时候这种形式正时髦），先生误会了，以为是让他将三篇捏合成一篇，结果生了刘绍棠先生的气。1989年8月，在白洋淀召开的一次关于孙犁作品的讨论会上，从维熙先生还和韩映山先生讨论过此事。

说老实话，误会归误会，孙犁先生和绍棠先生两人还是敦于旧谊、互相关心的。大约有五六次，我在他们之间互相解释，他们也就不说什么了。有一次，一个过去和孙犁先生不错的人，说想写一篇攻击他的文章，刘绍棠听说后当即劝那人不要那么做，这是我亲耳听刘先生说的。而这次临到北京前，我先到孙犁先生家里去，他正闹病，身体已经很弱了，听说我要到刘绍棠家里看看，他先问了绍棠先生的病情（1988年8月因脑血栓而偏瘫），然后说："男的偏瘫一般是左侧，他也是左侧吧？"我回答说是。孙犁先生抽了一口烟，又说："他喝酒太多。你告诉绍棠少参加活动，多注意休息，少生气。1957年别人批他，出了一本《青年作者的鉴戒》，收的都是批判他的文章，别人没有，他怎么有？正说明他出色嘛，让他想开点。"我把这些话原原本本地都告诉了刘绍棠先生，性情中人的刘先生当即眼圈红了，就艰难地挪动半身不遂的身体在书上为孙犁先生题字，并说要写一篇文章表示对孙犁先生八十高寿的庆贺（后来绍棠先生写了《喜寿》和《一个有风格的作家》分别在《天津日报》和《光明日报》上发表）。我回到天津，第二天就把书送到了孙犁先生的家里。此后不久，郑恩波到天津来，刘绍棠先生又托他向孙犁先生致候，就是我带郑恩波先生到的孙犁先生家。

刘先生和孙先生已先后作古，我把这件事情写下来，使这段佳话不至湮灭。

从1976年重新操笔写文章，孙犁先生共写了十本新书，加上其他的作品选集，我几乎都有了。而只有《曲终集》，他没有给我题字，因为那时候他已经卧病在床，拿不动笔了。那本书也不是他送给我的，而是孙犁研究会的秘书长刘宗武先生送了我一本，后来张学新先生又送我一本。晚年孙犁的作品集，我就这一册没有他的签名了；实际上，《曲终集》他为谁都没有签名。此书出版之前，我曾在北京给他打电话，劝他改一个书名，他说：“就这样了，不改了，不改了。”

除他的作品集，我也曾收到他另外的赠书。

一次，我到他家里去，他拿出个大信封，里面装了几册《作家》杂志，递给我说：“我给你放了好几天了。里面有曾镇南写的系列理论文章，不错，你拿去看看，学学。”

另一次，我去看他，他拿出了三册捆扎在一起的书，送给我说：“这三本书，值得读。”我接过来一看，是沙汀的《走出牛棚以后》，贾平凹的《抱散集》，汪曾祺的《蒲桥集》。

还有一次，那时候我已经大学毕业，参加了工作，到天津出差时，顺便看望他，他又拿出精装16开的两大厚本《历代金殿殿试鼎甲朱卷》送给我，笑着说：

“我给你放了两个月了。你读读看，也知道古人是怎么参加应试写文章的了。”

孙犁先生二三事

近来因写一本有关孙犁先生的书，翻阅他的作品集，发现先生在文中数处记录到我和他的交往，记忆中没有忘怀的情节重又泛上心头，不由得使我陷入遥远的回忆。

1989年9月，人民文学出版社出版了孙犁先生的《无为集》。1990年2月18日，天津下大雪，那时候我还在南开大学。从南开大学西北村经过一个小门，就进入天津大学了；穿过天大，从西北门出来，我到天津鞍山西道学湖里他的住宅看望他，他就送给了我一册《无为集》，并题字“段华同志正　孙犁　一九九〇年二月”。此集内收有他的《芸斋小说——杨墨》。这篇小说写于1987年4月7日，在小说的最后，孙犁先生写道：“近有一青年，河南淮阳人，送我当地土产泥虎、泥蛙、泥鸟各一只，形制古朴，并有响声。惜泥虎腹部，为牛皮纸做成，不如过去之以软皮做成，更为可爱耳。然虎头鲜艳生动如故，余藏之书柜，珍视如出土文物，并因此忆及老友逸事，略记如上云。”先生说的那个青年就是我。那时候我还在河南省淮阳中学，那年寒假，父母给了我150元钱，让我到北京、天津一带游玩，开阔眼界。临行前，我给孙犁先生写了信，并给他带了淮阳的土特产——民间艺术的瑰宝泥泥狗三件，作为礼物准备送给他。为了解除旅途的寂寞，我除带上几册路上爱读的书之外，还邀请了好朋友姚建与我同行。

到了天津，我就直奔他家。那时候他还在天津多伦道216号的大杂院居住。这里本来是大军阀吴鼎昌的别墅，假山、花园、廊庑等皆备；经过岁月的洗礼，此时已经很破旧了，住了十几户人家（现如今这里已寻不到踪影，代之而起的是几栋新建的大高楼）。我和姚建直接登上了一米多高的露台，站到先生的门口，正在门内的保姆杨玉珍看见是我，立即把我们往屋里让。此时，孙犁先生从内室走了出来，等我们坐下后，他坐在一张旧桌子后的破旧藤椅上，开始和我们聊天。当我把带来的三件泥泥狗从包里拿出来，放到他面前的桌子上时，他显得十分高兴，站起来拿在手里，小心翼翼地端详了半天，然后轻轻地放在桌子上，和我讲起了他少年时代在老家的庙会上看到的泥泥狗。那天他讲得很多，时间很长，我在日记本里记录了好几页。临走的时候，先生不但送给我几册书，三个月后，他就写出了短篇小说《杨墨》，两天后，他又写了此篇小说的续篇。

现在想来，在随后的岁月中，孙犁先生多次和我长时间交谈，并不是我多有创作才华，也许是某些方面我能引起他创作的灵感，使他能写出美妙的文章来。当然，这也许是我的自我感觉。

1993年12月12日，孙犁先生在致著名作家韩映山的信中说："我写给大星的几封信，段华复制寄来，前几天在《天津日报》登载了，请转告大星。"大星指韩映山的大儿子韩大星，目前在篆刻方面已取得不小的成绩。事情是这样的：当时的《作家》杂志副主编孙里想刊登孙犁先生的一些文章，最初找了一位友人，带着他到孙犁先生家以后，先生礼貌地接待了他们，但没有应允他的请求。孙里后来就写信请我帮忙促成此事。此前我已和孙里有所联系。1990年，评论家曾镇南在《作家》杂志连续刊载了六篇"孙犁散文研习录"系列论文，引起了孙犁先生的注意，但先生没有把这个系列文章看全。这年7月有一次我去看他，他向我打听曾镇南的情况，我一一向他作了介绍。他称赞这几篇文章写得好，很有功力，不但文字好，看法也很新颖。他说让我过几天来，他送给曾镇南两本书，并写一封信表示感谢，同时也让我找齐这几册杂志。从他家回校后，我立即向作家杂志社写信说明情况，请他们寄来刊载曾镇南系列文章的1—6期杂志来。过了几天，作家杂志社的副主编孙里寄来了这些杂志。我到孙犁先生家里给他送杂志，他说给曾镇南的两册书和信，已让他儿子孙晓达寄走了。从此之后，我就和孙里建立了联系。

接到孙里的求助信后，我一面按照他的要求准备孙犁先生的照片、书影等，一面把韩大星给我的孙犁先生致其信函，挑出来三封复制两份后，一份给了孙里，一份又寄给孙犁先生，并附信建议先生把信函先在《天津日报》上刊登。那个时候大星兄正狂热治印，他把他的一些作品寄给孙犁先生看，先生看后给大星写信，从艺术的角度谈了自己的看法。1992年6月22日的信中，孙犁先生谈到了“汉隶”。7月15日的信中，他就毫不避讳地谈到了自己的错误，明确地说：“‘汉隶’一说，是我弄错了，我的意思是指较易认识的‘汉印’，信发出后，我就觉得不妥当，这证明我对此道，仍是外行。”这种不避时讳勇于承认自己错误的人，现在是越来越少了，何况这么一个可以在中国文学史上留名的大师呢？孙犁先生的可贵之处，就在这里。

1993年11月至12月，我参加中央组织的一个活动，将近年底，才从湖南回到北京。此行真是千辛万苦，我已在别的文章里记述过，此不赘言。万分疲惫的我回到北京，在单位看见新寄给我的《作家》杂志，那上面也刊登了我提供给他们的孙犁先生的照片等。其中有些照片，是他1993年大病以后，我去看他时由同行的友人给他拍摄的，他曾在给我的信中，称赞这些照片拍得好。我按捺不住高兴的心情，不顾疲劳，让单位派车，送我到天津去看望孙犁先生。这是1994年1月，临出门之前，我精心地挑了一块江西井冈山市送给我的砚台，作为礼物准备送给孙犁先生。

大病之后的先生，消瘦了很多。我首先把带来的《作家》杂志给他看，然后才把那块砚台送给他。那块砚台很是小巧，外面用井冈山特有的翠竹枝盒盛着，相当雅致。大病初愈的先生此时已80多岁，虽身体虚弱但精神很好，对我问寒问暖。当我给他送砚的时候，随行的一位搞摄影的朋友立即按下了快门，把这一瞬定格成永恒……

1994年3月19日，孙犁先生在《甲戌理书记·阅微草堂砚谱》中特意记述此事：“近友人赠以井冈山所制小砚，盛以竹盒，砚亦薄小……”可见他很是喜欢这块小砚台。

记忆如同脚踏着一样，每天都很鲜活，却都是快20年前的事情了，如今孙犁先生也已经仙逝八年。当然，我送给他礼物的时候，他也都有回报——作为一个作家，他每一次送给我的礼物都是书，除了他自己的作品集外，还送给我别人的书——那些书几乎都是作者送给他的，他认为适合我的就送给我，各种体裁的都有。

在北京初夏的阳光里，斜靠在树下的长椅上，惠风和畅，手握一卷此书，慢慢阅读，细细品味，也是一种人生的享受。在我的眼前，孙犁先生的身影也不时闪现。

童年的村庄

孙犁先生对他的故乡是很留恋的。故乡的土地和河水养育了他，故乡的亲情和炊烟感动着他，他进入天津这个大城市生活几十年，还念念不忘家乡的热土。20世纪70年代，他在《藕香零拾》丛书第六册的书衣上的题字“梦中屡迷返乡路，愈知晚途念桑梓”，可准确表达出他的这种心情。

孙犁先生在故乡的生活时间其实是不长的。他在本村念完了小学，12岁到安国求学，后又到保定读书，中学毕业不久，抗日战争爆发，他就过起了戎马倥偬的游击生活。1972年最后一次回故乡，他在《戏的梦》里写到过。从此，他再也没能踏上故乡的热土。

故乡的人物如雕刻般镌在他的记忆里。从1979年12月到1987年10月5日，孙犁先生以“乡里旧闻”为主题，写了19篇关于故乡村庄里人物和事物的文章：村长、干巴、老刁、凤池叔、菜虎、光棍、瞎周等等，每一个人物都栩栩如生，折射出20世纪上半叶中国乡村社会的社会风习、人情世故、生活冷暖。

有一次和孙犁先生聊天，我向他讲起我的故乡：清清的湖水，悠悠的小河，郁郁的桃园，香香的荷花，浓浓的亲情。孙犁先生马上告诉我，他的村子不远处就是著名的滹沱河，村四周也有不少柳棵子树，村边也有果园。在战争年代，他为躲避日本鬼子，多次藏身于故乡的树林里、沙丘后、堤岸边。

我向先生表示一定要到他的故乡看看，一直到2002年6月23日，才了此心愿。

到达安平这天，天下着不小的雨，安平县委、县政府的领导同志都皱着眉头说，恐怕到孙先生老家那个村子不太好走。我们经过了子文镇，这就是孙犁先生在他的长篇小说《风云初记》里写到的子午镇。当年孙犁先生和王林在这里相识。当时，王林正在街上贴宣传画。镇子里有一条东西长街，从街的东头往北走，经过一条河沟的桥，右转，沿着河沟往东走。当地人介绍，这是当年日本鬼子为防八路军而挖的封锁沟。刚下过雨，道路坑坑洼洼，十分难行，我把车子挂到一挡，车子几次冲不过去，在旁人的推动下才从泥坑里艰难爬出来。车子往北走，两侧都是刚刚割掉小麦的麦茬地，一处果园的尽头，再往左转，就进入东辽城村了。

现在的路虽然是泥泞难走，但在抗日战争爆发后的60多年前，年轻的孙犁就是每天往返于这条道上，来往于家和子文镇、县城之间。他满脸奋进的神色，腋下夹着草纸和书籍，就这样完成了《鲁迅论》《现实主义文学论》《战斗的文艺形式论》等论文，《海燕之歌》《民族革命战争与戏剧》等论（编）著，被路一誉为“冀中的吉尔波丁”（当时苏联著名的文学理论家）。

进到村子里，街道仍不宽，村头有几垛麦秸。我锁好车子，和孙犁先生的哲嗣孙晓达一起，沿街道走到孙犁先生的故居那里——故居已经荡然无存，遗址上是一条约四米宽的土质街道，一直通到村外。

20世纪80年代中期，村子里搞建设规划，要拆孙先生的故居。先生给村子里捐一些钱，同意把房子拆掉，拆下来的砖瓦用于建校舍用。1985年7月3日上午，在天津多伦道216号的孙犁先生屋里，我曾问为什么同意拆掉故居，他淡淡地说：“拆就拆吧。”话说得淡然，但可以看出他对旧居还是充满留恋的。

我曾经看到过这座旧居的一幅照片，是孙晓达有一次回来拍的：孙晓达站在屋子前仰望着，房子平顶，三间，墙已经有些塌陷。脚下有一只鸡，毫不怕人地悠闲觅食。经过风吹日晒、泥沙淤积，这栋原来村子里最高、最大的房子，现在却成了最矮、最旧、最破的住房。

段华与孙犁之子孙晓达在孙犁老家门前

村里街道的中间，一户人家门前有一座石磨盘，一个年约70岁、头发花白、穿蓝色斜襟上衣的老太太正坐在磨盘上，花白的头发盘成了髻。我问她认识不认识孙犁，她爽朗地回答："孙犁？我怎么能不认识孙犁？他上一次回来，还和他说过话呢。"我没有再问她和孙先生说话的内容，也不知道她和《蚕桑之事》里的女主人公是否认识，但我知道她心里装着孙犁的形象。

出了村，雨又下起来，而且越下越大，我回头望望，这个靠近滹沱河的冀中平原上的小村庄，一切都笼罩在雨里雾里，似乎透出一股荒凉、怆然的味道。

20天后，孙犁先生永远地离开了我们。

风物犹存当年

一个镇子，如果和一个对中国文化发展做出杰出贡献的人联系在一起，将会有怎样的情形？那就是，这个本来很普通的镇子，也会给人们留下很多神奇印象。孙犁先生笔下的同口镇，就给我留下很多想象的空间。

同口镇位于河北省安新县城城南偏西20公里处，历史悠久，早在宋代有“洞口”之称，后闹“红虫”灾害（瘟疫），原住民大部分或死亡或逃散。明代永乐年间，从山西迁来新居民，因为人们厌恶连年水患，就把“洞”字的水旁去掉，改为同口。

孙犁先生笔下多次写到同口。1936年暑假以后，他接受中学同学黄振宗、侯世珍的邀请，到同口镇完全小学教书，并担任五年级级任（班主任）。从此，他与同口结下不解之缘，在中国文学史上留下《荷花淀》等很多描写白洋淀的文学作品，奠定了他在中国文化发展长河里的特殊地位。

为了给后人留下一些孙犁作品里人物和地方风物的真实状况，这些年我做了一些田野调查的功课，访问他笔下的在世人物，实地察看他写到的一些地方，用笔和相机记录下调查到的情况。同口是我调查的重点地方之一。十几年来，我多次到过同口镇。

同口地处白洋淀边，地势低洼，唐河在同口北边，孝义河在东南入白洋淀，孙犁先生说："暇时到淀边散步，长堤垂柳，颇舒心目。"优美的北国水乡风光，陶冶了这位23岁的年轻教师的心灵，为他日后创作出优美雅致的文学作品奠定了基础。

十几年前，我第一次到同口镇，还能看到村边有大面积的淀水，某种程度上说，有点浩荡的感觉：浮萍和荷花的花朵惊艳开放，水鸟翔集，鱼游浅底，充满了自然之趣。而去年年末再去时，那些都幻化成彩虹，消失在云天里了。

孙犁先生教书的那所小学，是在同口镇出生的军阀陈调元捐款建立的。小学始建于1929年，同时开建的还有同口中学。1936年，同口中学停办，房屋被拆，现在的同口镇政府所在地就是同口中学旧址。

孙犁先生当年教书，居住的是个二层楼。年轻的孙犁每天在这里苦读从北平、上海等地邮购来的进步书籍，度过了一个个孤寂的夜晚。20世纪80年代初，楼房被拆去上层，一层被当作同口公社的仓库。可惜，如今去寻找时，这一层也没了踪影，向许多人打听，才找到小楼的旧址。至于小学校，也搬迁了，旧时的校园只留下后院墙的一段，镶嵌在新的墙里，成了一户人家的后院墙。我在这段残墙边徘徊半天，遥想当年风貌，很久不愿离开。

陈调元跟随蒋介石，1936年在西安事变中曾经被张学良、杨虎城扣押过。他在上海的住宅在极司菲儿路76号——这里后来是大汉奸汪精卫的特工总部。在同口，1930年，陈调元建了一处宅院。因为白洋淀连年水灾，营建这所住宅时，基础为柏木桩，上为方石，十分坚固。进大门楼后，共分三套四合院，建筑面积约3500平方米。最后一排四合院北房东间有地下室。整个宅院为徽派风格——建宅院时，陈调元正任安徽省主席——墙壁都是磨砖对缝，数十年间，屡经水患，巍然不动。现在，我进去看时，蒿草丛生，显现出零落和凋敝，但仍能感觉出彼时的繁华与气势。孙犁先生当年在里面漫步，它使他想起北京的皇宫。

在同口，孙犁先生结识了当时的一些风云人物：侯世珍（侯聘之、侯平）、黄振宗、阎肃、宋寿昌、陈乔等——他们的影响，甚至决定了孙犁先生一生的道路。抗日战争爆发后，侯世珍改名侯平，做了冀中平原抗日根据地主要创建者之一孟庆山将军的河北游击军政治部主任（孙犁长篇小说《风云初记》里的主人

段华走访孙犁先生笔下的采蒲台

公高庆山主要原型即是孟庆山）。后来。侯世珍因为“左”的肃反扩大化，被牵涉到李晓初“托派”案中，惨遭杀害，直到20世纪80年代才得到平反。这使孙犁第一次知道革命不是请客吃饭。同口人陈乔和李之琏一起到孙犁家里邀请他参加革命——有人曾经说，是吕正操派人用小毛驴驮着孙犁参加革命的，这是不正确的。孙犁先生和他们保持了终生的友谊。陈乔晚年出版的《冷甘斋韵趣集》里，写给孙犁先生的诗有九首。

现在的同口，仍然留有那时的风韵，走在弯曲狭窄的街道里，我似乎感觉到年轻的孙犁在此寻找理想与未来的脚步，声音是那么急切。

记忆里的笑声

当我登上一米高的台阶，走到您的窗前的时候，您正坐在窗前桌子后的椅子上，我隔着窗户就看见您了。

您的为文正如您的人一样，纯净、透明。《荷花淀》奠定了您在中国文学史上的地位，《芦花荡》《山地回忆》《铁木前传》《风云初记》等长、中、短篇小说，更把您推向了一个高峰。法国出版的中国文学史中说，讲中国新文学，不能不讲到孙犁。“这是一位有独特风格的著名作家。”“呵，孙犁，您的作品清新雅丽，素有‘诗体小说’之称。”岁月的浪，一次次向您冲击，如今您老了，可您的精神不老。我一走到门口，您就出来接我了。您身材高大，清癯矍铄，冀中的土地和白洋淀的水，哺育了您的成长，使您精神爽利。

“外面冷吗？穿这么薄！”我刚坐下，您就关切地问我。这是1988年2月6日的下午，地点在天津，五六级的北风一拨拨扫来，气温零下十几度。我仍然回答您：“不冷。”不仅仅是室内的气温高，而且我的心里也是热乎乎的。

房子中间被一个大书架一分为二，北半部分都是藏书，南半部分都是您读书写作的地方，靠墙的南边书架上，放着近期的报刊。屋里的陈设，让置身其中的人觉得一股书卷气迎面扑来。

“中学生嘛，就应该多读点书。”您点上一支烟，用手指了书架一下说，“写作好比打仗，笔好比武器，读的书好比弹药。没有弹药，再好的武器也打不了胜仗，所以我希望同学们多读书。”

“那么，为什么有的同学读了那么多书，却受益不大呢？”我问您。

“我想，原因不外乎：一是读的书水平不高；二是读死书；三是读的书杂，无系统，不得方法。读书是为了提高写作水平，取法乎上得其中，取法乎中得其下，如果你读的书水平本来就属下，那当然受益不大了。再说读死书吧，有的同学读书只是为了读书，而不加以灵活运用，融汇到自己的知识宝库中，这当然也是不行的；如果加以灵活运用，又读得多，写作水平也就上去了。”

“巴金在《随想录》里说，就因为他读的小说多了，才写起小说来的。”我插了一句。

“是这样。”您沉思片刻，“读书还有个方法问题。我不知道同学们常用什么方法。我的方法是，喜欢谁的作品，尽量把他的作品找来读，然后去读和他风格相近的作家的作品，然后再去读和他同时代的作家的作品……我自称此类方法为‘滚雪球’。这样做的好处在于，能把这个作家和其他作家加以比较，知道他的缺点是什么，优点是什么，好学习他的优点，在写作中加以模仿。”

“模仿？”我问了一句。

“对，模仿决不是抄袭。人人都得经过学徒阶段，才能当师傅，写作也是如此。同学们可以去模仿优秀作品的结构、布局等，但不能把优秀作品改头换面。否则，文章投寄出去发表出来，别人该叫你‘文抄公’喽。”

说到这里，您大笑起来。朗朗的笑声，如淙淙的泉水，感染了在座的每一个人，大家都笑起来。我又犯了好动的毛病，起身去看墙上您写的字，恰在这时，在座的一个老摄影师喊我转过身，闪光灯一亮，我们新老两代的形象留在了画面上。

事情过去了近17年，您也仙逝两年多了，可是，直到今天，我记忆中您那慈祥的形象，哈哈的笑声，依然生动。甚至于我现在写这篇文章的时候，您那爽朗的笑声还回荡在我的耳边……

散射的霞光

——传说之外的孙犁先生

时光如梭，真是快啊，到今年的7月11日，孙犁先生离开我们，离开他亲爱的读者，已经九年。在历史的长河里，九年连大海中的一滴水也算不上，但在我个人的记忆中，孙犁先生往日的一切是那么清晰和真实，如同昨天发生的一样。想起他来，就能想起他对朋友那溪水流过草原般无声而又深深的温情。

我第一次感觉到他对朋友的深情，是在他的作品中。特别是他多次写到诗人远千里，更是使人动情。《远的怀念》中有这样一段话："现在，不知他魂飞何处，或在丛莽，或在云天，或徘徊冥途，或审视谛听，不会很快就随风流散、无处召唤吧。"读来真是荡气回肠，让人止不住热泪盈眶。

对青年时相交的朋友，他是这样，对后来相交的朋友，他同样如此。《天津日报》副刊部的邹明，一直兢兢业业，勤奋工作，和孙犁先生结下深厚的友谊。1989年12月下旬的一天，我到孙犁先生家里看望他。我敲门后，孙犁先生在室内问是谁，我回答后他就打开屋门，把我让进屋里。那时候是下午五点多，屋里已经相当黑暗。孙犁先生坐到他那把用了多年、此时放了个棉垫的藤椅上。我刚要开灯，他止住我，点上一支烟，往常谈笑风生的他，此时却好半天不说话。过了几分钟，他才开口说："邹明死了，这几天，我说不清心里老是闷着。前几天写了四五千字，交给《光明日报》了，发表后你可找去看看。可能是因为邹明跟着我时间长的缘故。"说完，他又沉静下来，默默地抽烟。

1990年1月18日，《光明日报》刊发了孙犁先生的《记邹明》一文。将近80岁的孙犁先生，为一个比他年龄小得多的下级写的纪念文章竟那么长，那么真挚动人，实在是让人动容。他把朋友和自己并列，同荣辱共风雨，虽非金兰却如兄弟。他在文中说，老了以后，对人对事，不愿再多用感情，但现在写文章纪念朋友邹明，"与其说是记朋友，不如说是记我本人。是哀邹明，也是哀我自己。我们的一生，这样短暂，却充满了风雨、冰雹、雷电，经历了哀伤、凄楚、挣扎"。朋友的命运，是和孙犁先生的命运分不开的。

20世纪50年代，孙犁先生主持《天津日报》的文艺周刊，这块园地里成长出刘绍棠、从维熙、韩映山、房树民、苑纪久、冉淮舟、阿凤、大吕、藤鸿涛、张知行、万国儒等一大批青年作家。孙犁先生在他们的成长过程中花费了很多心血，却从不承认是他培养了他们。我记得有一次他在鼓励我多读书、多写作才能多提高时说，不多读不多写，成不了作家，想让别人培养，那更不可能。当年有些作家比如刘绍棠，并不是哪个人培养出来的，只不过是在他成长的过程中，有种辅助的力量，为他提供了发表作品的园地而已。

虽然孙犁先生不承认是自己培养了他们，但在他们成长的道路上，他毕竟花费很多心血，因此他对他们有很深的感情，和他们终生保持着友谊。1990年3月13日，天津市里柳枝开始泛青，散发着一种活力。那天早上六点多，我到孙犁先生的楼下，想趁他下楼散步时陪他走一阵说说话，等到早上七点多，霞光铺满他所在小区的每一栋蛇形楼的上面时，也没见他下来，我只好返回去。

那时候我还在南开大学，住在西北村，楼西侧有一条小道，往北过去就是天津大学；穿过天津大学一个刀把形地域，出一个小门就是孙犁先生居住的小区。路途不远，步行也就十多分钟，上午十点四十分，我就又到了孙犁先生家。

还是他一个人在家，我进屋里说："今天春阳灿烂，天气很好，早上怎么没下楼散散步？"他轻轻摆手，让我别再说下去，然后坐在藤椅上说："这两天心里也别扭啊。前几天张知行去世，没人告诉我，人都火化了，也没送个花圈，就是别扭。"说到这里，他停下来，让我自己倒水喝；在我倒水的过程中，他只是默默地看着，没有说一句话。等我倒完水，一切安静下来，他才又说："今天没心思下楼，昨晚有人告诉我，前两天万国儒也去世了，我心闷，放不下。"

呵，我明白了，朋友逝去，怀念之情压抑着这个经历过战火、死亡、饥饿、病痛的老人。世事沧桑，沧桑到深处也就让人觉得平常了——经历过这么多的孙犁先生，却仍为后辈逝去感到悲伤，若没有人情能做得到吗？所以，有一次听到某人说孙犁先生不近人情时，我感到很纳闷，这是从何说起呢？

这次我没听到孙犁先生说要写一篇悼念万国儒的文章。但是，我在1990年3月23日的《人民日报》上看到了孙犁先生的《悼万国儒》一文，落款日期就是我看他的那一天。那一天上午，我和他聊天不到半个小时，我不知道老人是在我去之前还是走之后写的这篇纪念文章。我离开时，保姆杨玉珍阿姨已经回来了，我让阿姨多开导他，让他开心点，阿姨说："不，大叔昨晚就为万国儒去世不高兴喽。"

现在，孙犁先生这两篇文章都在，有兴趣的人可以找来读读。20年过去了，读起来仍然是那么让人心动，如同我们走在青山夹峙的峡谷里，白云与林涛相伴，飞鸟与瀑布齐鸣，感动而不忧伤，流泪而不伤神，痛苦却充满再生的阳光——因为孙犁先生是在用真挚的感情写它们，在用生命抒发它们——文学，说到底是人学，是人的思想之学，没有对人的感情，文学就不能传之久远的。

对认识的朋友如此，对素未谋面的朋友，孙犁先生一样是尽力周详照顾，不让人家感到失望。1994年4月11日下午，我收到孙犁先生一封比较厚的信，未拆开之前，我以为他给我写了很长的信，拆开后才明白是怎么一回事。原来，武汉作家周翼南给老人写信求教，并寄赠一幅字、两幅画，孙犁先生找不到周的地址，就把给周的回信和写的一幅字，寄到我这里来——那时候我已从天津到北京工作——让我转给周翼南。那时，我也不知周先生的地址，就打电话给在中国文联出版公司的洪烛询问。洪烛毕业于武汉大学中文系，在武汉有一些人脉，他告诉我，周翼南在武汉作家协会工作。我立即把给周先生的信和字复制一份后，复制件寄给老人，原件挂号寄给周先生，并在信中告诉他孙犁先生的详细地址，使他们之间建立了联系。过了两天，我给孙犁先生打电话，他还特意过问此事。

这当然不是个例。孙犁先生去世后，我在为人民文学出版社编校《孙犁全集》时，有机会又把先生的作品全读了一遍，无意中发现，先生和很多人联系，都是我做的中间人。前些日子搬家，又发现几封先生给我的从未曾发表过的信，里面也提到让我帮助别人的事情。

这些当然不是什么大事，高人都会忽略不计。可孙犁先生就是这样子一点一点做过来，成就了他在文坛上无可代替的地位。他笔下的人物，也为中国文学艺术的画廊增加了很多栩栩如生的形象。他在半个多世纪里的文学创作，是在创造着文学史，而非重复着文学史——孙犁先生为中国文化的发展增加了新的内涵。判断一个作家是不是大师，就看他有没有创造性，是否可以重复——孙犁先生创造的一切文学特质都不能复制，所以他具备真正的文学大师的资质。

孙犁先生所做的这些事，也如散射的霞光，细碎却不凌乱，闪耀着灵魂的光芒。作家是需要灵魂的，作家写作是需要灵魂的，只可惜现在有灵魂和用灵魂写作的作家太少了。闪耀着灵魂光芒的孙犁先生距离我们越来越远，不知道这是作家的悲哀、社会的悲哀，抑或时代的悲哀。我凌晨三时半起床来，一边查找日记本中和孙犁先生相见的记录，一边写这篇文章，想起先生离开我们已经很久，我的眼里溢满了眼水。

岁月深情长相忆

——孙犁百年祭

2002年7月11日上午11时左右，我正在新疆天山腹地出差，在车上贪婪地欣赏着两侧壮美的天山风景，手机突然响了起来。那时候，天山里的手机信号可没有现在这么好，能打通我的手机，肯定是有什么不同寻常的事情。电话是我在南开的小师妹，当时在天津日报社一家子报工作的白薇打来的。她刚说了几个字："段华，今天早上，孙犁……"泪水立刻涌上了我的双眼——我知道，从此之后，就要和孙犁先生天各一方、阴阳两隔了。

我不顾车上陪同同志的惊异，放声大哭起来，那伤心的情景，迄今想来眼角仍是潮湿的。我要他们拉着我立即出山，往能发电报的地方走。颠簸了40多公里，我们到了伊犁的巩留县城，车到邮电局门口，还没停稳，我就冲下车去，到里面往天津日报社孙犁治丧委员会发了一封唁电，以表达我的哀思之情，好像不发这封唁电，我心里不能安宁一样。

重任在身，我知道我不能丢开新疆的工作回内地给孙犁先生送行，见他最后一面。我马上给天津的友人打电话，请他代我送一个花圈，亲自送到先生的灵前。

我知道这一天早晚要来的，但没想到来得这么快。自从先生住进天津总医院，每年我都会去看望他几次，或者是和朋友们一起，或者是我自己，或者是带着家人。当时的护工对我都熟悉了。先生说过："一生寂寞，我从来也没有得到过别人送给我的一束花。"因此，每次去看他，我都会精心地给他挑一束鲜花，带进病房，并安排护工精心养护。我不知道先生看到我带去的鲜花，有什么感想。

去看他的时候，多半是不说话的。有时候我说："我是段华，我从北京看您来了。"先生就说："坐。"我坐几分钟，然后向他道别，有一次他挥一下手，有一次说"好"。到后来他病情越发严重的时候，我去看他，就不再和他说话，在他身边静静地坐几分钟，然后悄悄地离开。我知道，离开故乡奔波一生的孙犁先生，需要安静地休息休息了。也有两次，友人带我和另外的一些人进病房去看他，也许他觉得打搅了他的休息，走在前面的友人刚向他开口说话，他就说休息，或者是其他的言辞。但也有他心情好的时候，他会多说几句话。2000年4月，我和刘宗武一起去看他，他问我《修辞学发凡》的作者是谁，我一下子没反应过来，他又重复了一句："《修辞学发凡》谁写的？"这下我听清楚了，马上回答："是陈望道。"老刘又重复了一下陈望道的名字。他没有再说话，过了一分钟，他突然又说：“《文坛登龙术》是谁写的？”我立刻回答：“是章克标。”

“他还活着吗？”先生又问。

“活着，”我说，“好像是住在浙江杭州，可能90多岁了，前些日子还在征婚呢。”先生听完，再没有说话，我看见他闭上了眼睛。

这是我一生中，和先生进行的最后一次较长的对话。

虽没有到他灵前见他最后一面，但我并没有多少后悔，他美好的形象一直保留在我心里。其实，在他去世前几天，2002年的7月7日深夜，我从郑州驱车千余公里，赶到天津总医院看望先生。我赶到的时候，先生已经不在原来的病房里；看到天津本地的几家新闻媒体守在这里，我感到事情不大妙。先生的哲嗣孙晓达把我领进病房，我看见床前守护着医务人员和家属。我静静地站在先生的病床边看着他，曾经在晋察冀山地和日本鬼子周旋的高大身躯不见了，薄薄的白被子下面，先生的身体显得那么纤弱。他已经被用上呼吸机，随着他微弱的呼吸，被子略略有点起伏。他静静地躺在那里，我不知道那时候他的思绪是什么，是想起了冀中白洋淀的烟云，还是晋察冀的山水？抑或是那些生死与共的战友？

因为第二天要从北京出发去新疆，我不敢多停留。晓达把我送到电梯口，《天津日报》的周凡凯和我一同乘电梯下楼，周先生说：“段华，孙犁先生对你那么好，你要为他做点事才对啊。”我当然要为先生做点什么，但我觉得相对于他对我的帮助关心，我做得太少了。

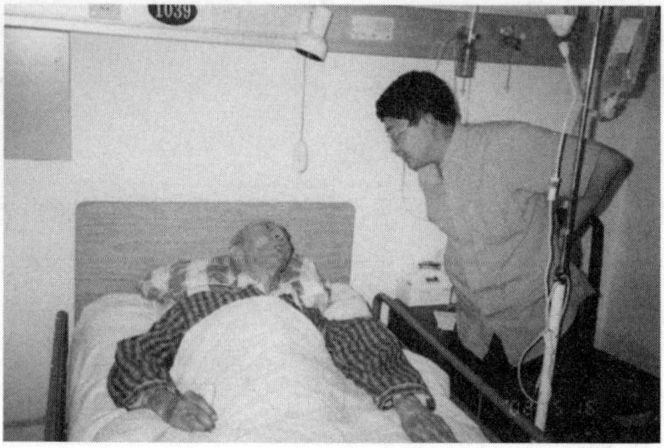

段华探望病中的孙犁先生

我坐进车子里，摇上车窗。人有生有死，这道理我懂；但事到临头，我却不能控制自己。想到和先生交往的十几年，以欢乐始，却以这种方式结束，我觉得世事那么无情，人生那么无常。我终于泪流满面：

先生，如果有来世，我们再见，我一定还要找您。那么，先生，今生今世就此别过，您到天国走好。

辑　二

我收藏的与孙犁有关的书

20多年来，我着意收藏与孙犁先生有关的书籍，收获颇丰。就孙犁先生的作品集版本来论，我可以毫不夸张地说，似乎没几人超过我。趁着纪念孙犁先生诞辰百年之机，略说数种，与同好交流，并且纪念孙犁先生。

我收藏的最早的孙犁作品是《怎样写作》，即1964年作家出版社的《文艺学习》的前身。这是迄今为止，我收藏的孙犁著作出版时间最早的一种。《文艺学习》最初名为《区村和连队的文学写作课本》，1941年底在冀中写成，1942年春天油印1000本。1942年日本鬼子残酷的“五一大扫荡”之后，吕正操、黄敬他们撤离冀中抗日根据地，到太行区休整，就把带在身边的《区村和连队的文学写作课本》交给这里的华北书店，铅印了一次，把书名改为《怎样写作》。现在，油印本《区村和连队的文学写作课本》，几乎没有找到的可能性了，华北书店的《怎样写

《怎样写作》上、下册

作》就成了最接近孙犁原著的版本，实在难得。《怎样写作》分上下两册，我最早只收藏了下册，后来又找到上下册一套，但是上册缺了最后一页和封底，好在对全书影响不算太大。几年后，又找到了一本品相不错的上册，这真是令人惊异。上下册的封面图案都一样，“怎样写作”几个字和图案都是黑色，而作者姓名和“华北书店发行”几个字都是套红。

林火的《编辑前记》说明了《怎样写作》印行的来历，大致是说，吕正操他们在残酷的反“五一大扫荡”期间，很多东西都丢了，却把此书的油印本和军用地图放在一起，保留了下来。这本书在抗日根据地是如此受欢迎，“因为它很少有从前外边一般论文艺写作的书的缺点，只是空洞地谈一套写作的大道理”，它是现实斗争与祖国的独立、人民的自由紧紧结合在一起的。此书在这次印刷时，为适应太行区的读者以及出版条件所限，略作了改动；但一般按照原意，“甚至个别被土造紫色墨水污损的地方，经过清水的一再浸湿辨认，才得照出原文字句”。

需要引起研究者注意的是，林火在文章中说油印的这本书原名《文学的写作》，1942年9月辗转到他手里时，当时卷末附有范瑾同志的《二版小记》，叙述这书的来历以及她修改的经过，可惜不慎遗失了。本书由华北书店在1943年7月印刷，在山西左权、河南涉县、陕西省延安发行。

我收藏的最早的《荷花淀》版本，是出版于1946年的《荷花淀》。这个版本的《荷花淀》，仅收短篇小说《荷花淀》一篇文章，1946年11月由华中新华书店出版，大众文库编委会编，为“大众文库（文艺类）”之一种，可能是为了便于大众携带和阅读的缘故，书做成了小开本的64开，正文共21页。我所保存的这一本，编号0040，定价20元，由位于大连市天津街138号的大众书店发行。通过对国家图书馆、首都图书馆、北京大学图书馆、天津图书馆、南开大学图书馆、复旦大学图书馆、上海图书馆、武汉大学图书馆、华东师范大学图书馆、华中师范大学图书馆的联机检索，我都没有发现这

《荷花淀》最早版本

本书的馆藏记录。

这个版本，迄今为止我没有看到有人提及过，孙犁先生本人的文章和书信中也从未提到过，可见先生本人也不知道这个版本。将此版本的文章与1945年5月15日延安《解放日报》上最初发表的文章进行比较，几乎没有多大差别。1981年12月百花文艺出版社出版的《孙犁文集》是孙犁先生亲自审定的，所以所收文章比较可靠。将此版本文章与《孙犁文集》第一卷中所收的《荷花淀》进行核校，文集中的文章略有变化。主要有第六段一句话，此版本中说“这年轻人不过二十岁”，文集本改为“这年轻人不过二十五六岁”。我查了一下，人民文学出版社1955年版《荷花淀》中这句话已经和文集版中一样，说明新中国成立后不久孙犁先生就把这句话改了，这是为了适应新中国婚姻方面的有关规定而改的。其他的两个改动：一句是此版本为“那里水浅过不去”，文集本改为“那里水浅，大船过不去”，使句子更为准确，指明大船为日本鬼子的大船；此版本中“枪声紧紧的清脆”，文集本改为“枪声清脆”，句子更加短小精炼，适应当时迅速结束战斗的紧张场面。后来，为人民文学出版社核校《孙犁全集》时，我还用此版本进行了比照。

除他自己的作品集之外，孙犁先生还赠给我不少其他书，最大部头的书是《历代金殿殿试鼎甲朱卷》。1995年6月3日，我到天津看望孙犁先生。那天，先生心情很好。当我一进门，他就拿出这套书送给我，并且说，把书赠给我，可以让我从中知道中国古代知识分子的殿试状况、写作状况。该书精装16开，上下两卷，一千多页，花山文艺出版社1995年版。该书把能找到的殿试朱卷，几乎都囊括进来了。我略微翻翻，从中发现，科举时代中国的知识分子虽然才华横溢，却也是白白浪费，认认真真在读书，实实在在说假话，生存的境遇，是多么尴尬和无奈。

现在，手捧此书，似乎感觉，先生把书递给我时，那挂在脸上的温和的笑容仍在——而先生已经仙逝11年了。

孙犁的十本小书

在北京三联书店里，挂有一幅裱好的条幅，上面有孙犁先生微笑着的照片，还题有一首诗："自诩陋巷无为氏，实则晚华澹定人。尺泽融秀露，佳作如云集。言何耕堂已老荒，劫后十种吐新芳。道远曲未终，笔健寿而康。"这首诗里巧妙地嵌进了孙犁先生新时期以后十本新作品集的名称，回想起我从接触先生的作品到收集他的这十本作品集的经历，真是感慨万千，酸甜苦辣难以诉说啊。

在1976年前后，我在我父亲的中学课本里读到孙犁先生的短篇小说《荷花淀》，很快就被他的优美文笔和独特风格迷住了。1982年，我还在河南省淮阳县白楼中学读书时，一个偶然的机会，在报纸上看到天津百花文艺出版社出版《孙犁文集》的消息，就省吃俭用了好几个月，邮购了一套《孙犁文集》。我记得很清楚，书寄来的那一天，我把书从学校收发室抱回宿舍里，小心翼翼的样子很使我的同学耻笑。两年多后，我利用暑假的机会到京津一带旅游，顺便在天津拜望孙犁先生。当我向他讲述我邮购《孙犁文集》的事情时，一直在滔滔说笑着的孙犁先生，望着我这个十几岁的崇拜他的少年，突然陷入了沉思，好半天没有说话。迄今想来，我也不明白先生当时都想了些什么。

新时期以后，孙犁先生又焕发了创作的青春，写了大量的有分量的作品。这些作品从1979年开始，陆陆续续被收集在一起，以单行本的形式出版，迄今共出了十本。

第一本集子是《晚华集》，百花文艺出版社出版于1979年8月，收先生的近作散文30篇，大多是粉碎“四人帮”以后写的；第二个集子叫《秀露集》，百花文艺出版社1981年3月出版，其中《文学和生活的路》是先生最重要的一篇生平自述和阅历经验、创作总结，在《文艺报》发表后引起轰动；《澹定集》出版于1981年10月，也由百花文艺出版社出版，共收先生的散文47篇，其中的《答吴泰昌问》可以看作是《文学和生活的路》的续篇，《同口旧事》对理解孙犁先生的作品会有很大的帮助。作者在一年内出了两个集子，可见其创作的刻苦、勤奋和多产。

可遗憾的是，我所处的小城实在是太偏僻了，孙犁先生的这些作品集很难买到。不过，唯一使我高兴的是，《孙犁文集》里已包括了《晚华集》《秀露集》《澹定集》三个集子的所有内容。一直到80年代后期，我到南开大学中文系读书，才陆陆续续搜罗到这几个集子。但是，《晚华集》已是1982年9月第四次印刷，《澹定集》是1982年9月第二次印刷，只有《秀露集》是初版本。

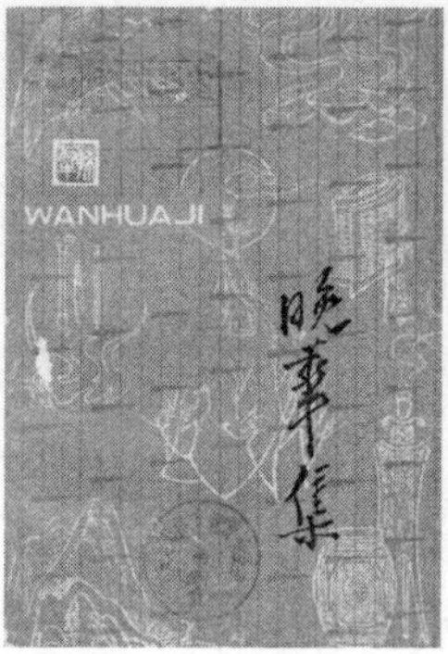
WANHUAJI
晚華集
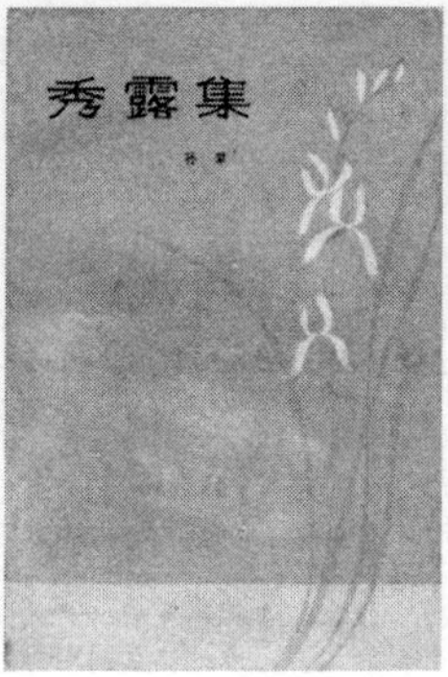
秀露集
孙犁

澹定集
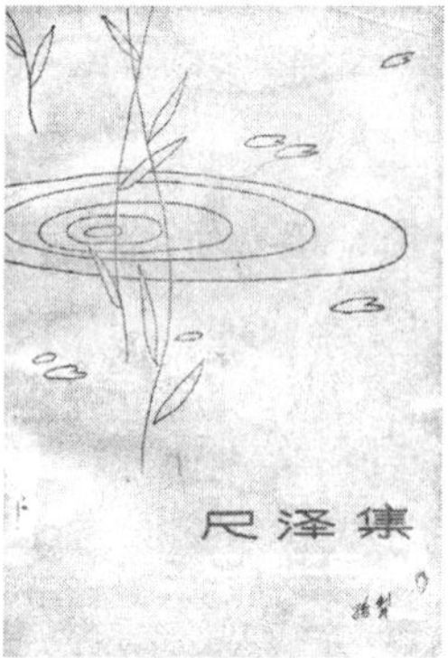
尺泽集

孫犁
远道集
百花文艺出版社

老荒集
孙犁

孫犁
陋巷集
百·花·文·艺·出·版·社

无为集
孫犁

如雲集
孫犁

曲终集
QU ZHONG JI
孙犁著

第四个集子《尺泽集》，百花文艺出版社1982年12月出版，书中第一次收录了作者写的《芸斋小说》，令所有的读者耳目一新。这是我在淮阳本地购到的孙犁先生的第一个集子，我迄今清楚地记得购得此书的情景：那时我在董阁中学，1983年6月9日下午，我和程子俊等几个好友骑车冒雨到城内电影院看电影。进电影院之前，我们先到淮阳新华书店看看，一进去，我本能地感到了异样，接着就在橱窗里发现了这本书。我毫不迟疑地掏出钱把它买了下来，从营业员手里接过它时，我的手激动得发抖。第二天，我就用粗糙的土纸替它包了个书衣，包进了我的欣喜和幸福。后来，我坐在窗前又一次重读《尺泽集》，就用牛皮纸又给它包了一层书衣，并仿先生的书衣文录体在书衣上题道："此书已包过两次衣，第一次包时，原有题词。"

1984年3月，百花文艺出版社出版了先生的第五个集子《远道集》，其中的《序的教训》一文，宣布今后不再给人写序，让人读后颇为惆怅和遗憾。这本书也是我在淮阳新华书店买到的，其中的《青春余梦》一文，在《文汇报》上发表时，我看到后还写了一篇叫《人与树》的赏析文章，发表在创刊不久的《中学生阅读》杂志上。文章发表之前，该篇文章的编辑何宝民老师到淮阳出差，我所在的学校淮阳中学邀请他做报告，他在主席台上讲课时讲到我，并且要找我，在同学中间引起不小的轰动。不知何老师现在怎么样了。

我很感谢他，他在无意中对我的鼓励太大了，使我至今念念不忘。《人与树》是我阅读孙先生的最早的笔记，可惜的是过了这么多年，这篇幼稚的习作却无论如何也找不到了。我也用牛皮纸给《远道集》包上了书衣。那时我在家庭的支持下，正向各地的出版社购入我喜欢的书籍，那天恰好人民文学出版社寄来了一套《茅盾全集》，我就用《茅盾全集》的包装纸包了《尺泽集》和《远道集》，也在《远道集》书衣上题了词。1987年1月，我又到天津，孙犁先生在题字后赠给我一本《远道集》。

最使我不堪回首的是先生的第六个集子《老荒集》，书来我处时以喜剧开始，离开我时却以悲剧结束。这本书由上海文艺出版社1986年出版。那年夏天，我趁暑假又到京津一带游玩，在天津拜望孙犁先生，他拿出《老荒集》的责任编辑陈先法的信给我看，信中说样书及所购买的50本书即将寄给他，先生说收到样书后会送给我一册的。我回到河南后不久，先生就把题过字的此书寄给我一本。我到天津读大学时，此书和其他很多书都留在河南老家，我锁在箱子里了。大学毕业后，我被分配到北京工作，后来有了房子，就想给书也安个家——书比人更需要安稳的家。我麻烦父亲把书托运过来。父亲打好捆后在托运前把书放到了他的办公室里，他清清楚楚地记得《老荒集》在里面，书托运到北京后，我却怎么也找不到了。在我看来是无价之宝的《老荒集》就这样不明不白地不见了。现在，不知它飘零在谁家，魂荡何处，这让我一生心痛牵挂。不知何时我才能再拥有一本初版的《老荒集》，使我一生的遗憾稍得安慰。

孙犁先生的第七个作品集是1987年4月由百花文艺出版社出版的《陋巷集》。1988年春天，我去平顶山路过漯河市，在长途汽车站附近的一个书店里发现了它，当时，只剩下一本了，书的边裁得不齐，封面也有点染尘，也许就因为如此，别人不愿意要，它才安落我手，找到了一个好的归宿。1988年5月，孙犁先生题字赠给我一本，这样，我就拥有了两本《陋巷集》。有一次，我看到一个叫孙桂升的人登广告高价搜求《陋巷集》，我未舍得出手，心里明白这本书的印数不多，相当珍贵。不料这世界的天地也太小了点儿，1998年夏天，孙犁研究会在天津召开孙犁作品研讨会，我竟然与孙桂升先生不期而遇，且相谈之下颇为投机，大有相见恨晚之感。他也在北京居住，回到北京后，我毫不犹豫地把在漯河买的那本《陋巷集》送给了他——桂升先生是花了几十元出租车费到我家拿的书，拿到书时我看到他的脸上分明挂满了喜悦的笑容，像是实现了一个美丽的梦。年近古稀的老先生不但赠给我不少我想要而没有的书，而且经常给我打电话告诉我哪儿有好书的信息，弄得我都不好意思了。我和孙桂升先生结成了忘年交，现在见面时无话不谈；书送给桂升先生这样的爱书人，也是书的福气。

先生的第八个集子是由人民文学出版社1989年9月出版的《无为集》，责任编辑为季涤尘，所收作品大多在1987年写成。从不久前发表的孙犁先生写给季先生的信看，作者和编者为这本书都很用心用力。此书印数不足3000册，相当罕见，我迄今未见哪个书店卖过，那时候我已在天津读大学，所住的地方距孙犁先生的家很近，步行十几分钟就能到达，故而我经常去他那里。1990年2月18日，天津下大雪，我去看望孙老，他题字赠给我这本书。当天晚上，我给书包上书衣，并在书衣上用黄梨洲在《明儒学案》中的话题孙老的文章曰：“所操益熟，所得益化。”

《如云集》是先生的第九个集子，1992年3月由百花文艺出版社出版，也是先生题字后赠给我的。书中的《和郭志刚的一次谈话》，是先生的又一篇比较长的谈论文艺、生活的文章，不亚于《文学和生活的路》，可见先生晚年的创作精力是多么旺盛。孙犁先生给我写过不少信，《如云集》里是第一次收录了一封短信，我记得是发表在现在早已停刊了的《散文世界》杂志上。

《曲终集》是先生的第十个集子，1995年11月由百花文艺出版社出版，印数也不多。我曾经在电话中劝告先生给集子改个名，先生却坚决地拒绝了。我知道不止一个人劝他，他都没有听。当我在报上看到先生发表的这本书的后记时，知此非人力可为，天道使然：先生已聪慧地安排好了一切。天道无亲，常与慧人——书出版后，先生已卧床不起，迄今再没有写过一篇文章，完美地结束了自己为人生、为文学、为书籍的近七十年的文字生涯。1996年1月，张学新同志送给我一本，孙犁研究会的秘书长刘宗武寄赠给我一本。先生在后记中说："集内文章，不再评论。读者都是故人，自去理会好了。"仅此一句话，足以让人落泪，也不能不买他的书。因此，2000年国庆节，我到苏州游玩，在古吴轩出版社总编辑王稼句先生的带领下，到苏州古籍书店淘书，发现这里有《曲终集》卖，就毫不犹豫地买了一本，只不过这本已是1996年6月第二次印刷了。

上述的十本书，我只缺《老荒集》，却遍寻不见。1999年9月，山东画报出版社以《耕堂劫后十种》为总题，重印了孙老的十个集子，承蒙编辑者刘宗武同志和总编辑汪家明同志的好意，送给我一套。这样，孙老的十本集子，经过将近二十年的时间，我算是集齐了。我也从一个十余岁的少年，进入了中年，人生能有多少好时光啊，但我觉着，也值得了。

我之所以这么辛苦地收集孙犁先生的作品集，是因为他的文章有价值。钱起诗云：“曲终人不见，江上数峰青。”孙老说：“人生舞台，曲不终，而人已不见；或曲已终，而仍见人。”评价孙老的作品，也可以从这个角度去理解吧。

孙犁的《文艺学习》

在孙犁的所有作品集里，除了《文学短论》以外，《文艺学习》的版本是最多的。

1941年，在冀中军区政委程子华将军的提议下，冀中区组织了声势浩大的"冀中一日"写作运动。正在晋察冀边区文联工作的孙犁，这年秋天恰好回到冀中，就在王林的邀请下，参加了《冀中一日》的编选工作。《冀中一日》全部编印完成后，又产生了两个副产物：一是《纪念鲁迅先生特辑》，发给《冀中一日》发表作品者每人一份，那时候条件艰苦，没有稿费之说，这本书也就算是酬劳了吧；另一个就是《区村和连队的文学写作课本》的出版。

这本书是孙犁根据《冀中一日》用稿及未用稿写成的，目的是帮助作者们理解冀中的现实和提高文学水平。书于1942年春天油印一千份，保证清楚没点染，是印刷工人苦心研究的成果，简直是奇迹。孙犁写有后记。

这是《文艺学习》的最早版本。

八路军三纵队（即冀中军区）的《连队文艺》，晋察冀边区的《边区文化》上连载了它。1963年5月9日，孙犁在这本书的《新版题记》中说："是1946年秋天吧，这本书第一次从油印本改成铅印本，是那时设在饶阳县的冀中新华书店出版的。"这说法是作者误记，事实是，冀中区的领导对这本书也非常重视，吕正操、黄敬在戎马倥偬中把它带到太行山麓，以华北书店的名义，把书名改作《怎样写作》，于1943年改为铅印。书为36开，分为2册，上册71页，下册76页，分《概括的能力》《论语言（文字）》《描写》《主题和题材》《结构》《观察和练习表现》《现实主义》《爱好书籍》《论文学工作》等九章。附录有《本书学习研究提要》，前有林火的《编辑前记》，后有作者1942年写的《后记》。

1945年，武汉中南新华书店又根据1943年的铅印本重新印了一次，书名改为《写作入门》。

由于油印本刚出版不久，冀中区就经受了空前残酷的"五一大扫荡"，所以，油印本在冀中区不易见了。但冀中人并没有忘记它，有心人把它在地下埋藏了五年，重新把它找出来后，送给了作者。1947年设在饶阳的冀中新华书店，经过作者删削以后，以《写作入门》为名，重新铅印出版。书分《形象的艺术》《语言的艺术》《概括的能力》《主题和题材》等四部分，共21节，书的原《后记》也保留。书为32开，共93页。

与此同时，设在威县的冀南书店也于1947年7月以《文学入门》为名把这本书铅印，书为32开，共89页。

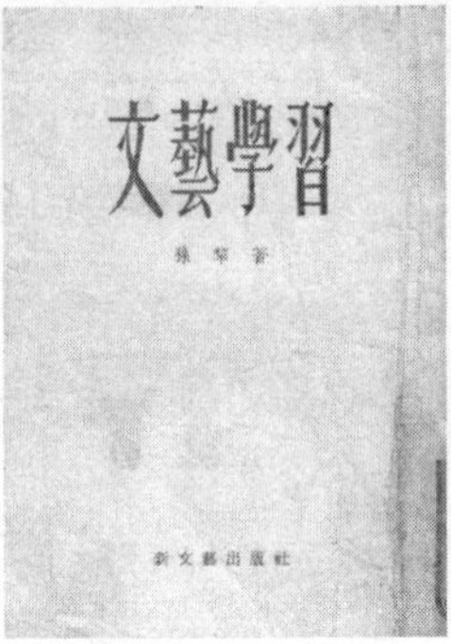
文藝學習
新文藝出版社
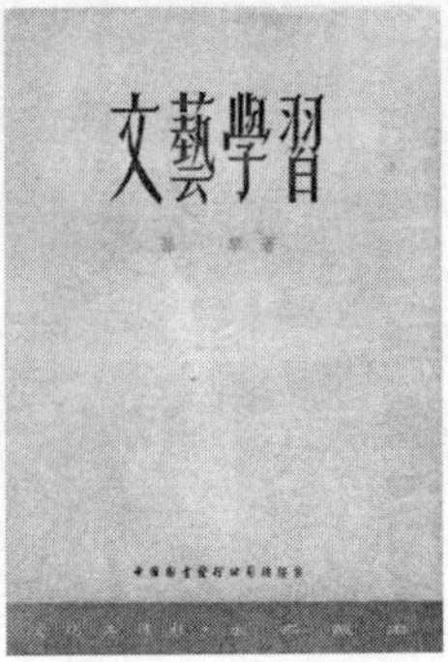
文藝學習

文藝学習
新文藝出版社
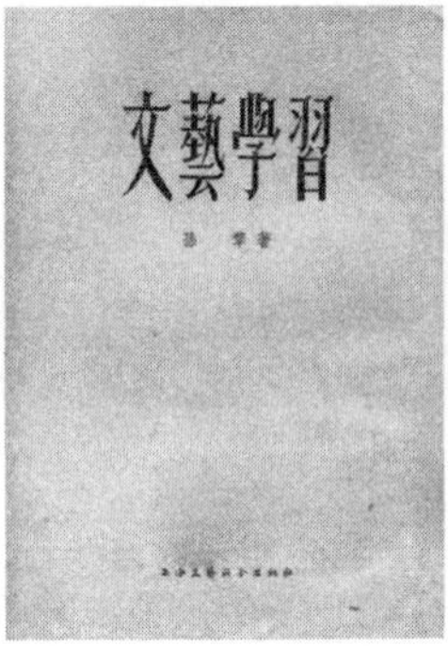
文藝學習
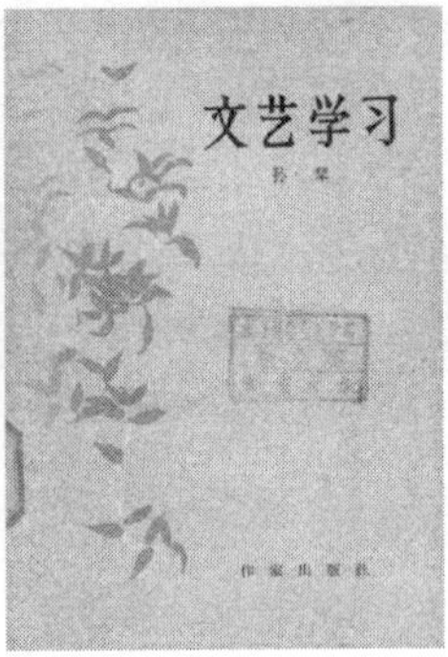
文艺学习
作家出版社

習學藝文
255076

寫作入門

門入作寫

文學入門

1948年，太岳新华书店根据冀中新华书店1947年版本，于12月重印。1950年2月，中南新华书店也以冀中新华书店1947年版本为底本重印；同年2月，上海文化工作社以“工作与学习丛书”第一辑出了单行本，书名改为《文艺学习》，《文艺学习》书名第一次出现，一直沿用至今。但当时仍然是根据1947年的删削本，不过是作者新写《前记》，向读者交代了此书的来龙去脉。书共印2000册，32开，由作者亲自校对。

1951年，上海文化工作社以“未名丛书（5）”于是年4月再版，出版单行本，又于11月印行第3版。1954年，上海文艺联合出版社根据文化工作社1950年2月版本，于5月重印。1956年，上海新文艺出版社7月份重印，添加了作者《校正后记》一篇。

1964年8月，作家出版社重新出版了《文艺学习——给〈冀中一日〉的作者们》。此书出版时，作者根据《区村和连队的文学写作课本》油印原本，把后来《文艺学习》删去的部分，经过选择调整，补充进去恢复了旧观。书除原有《前记》《油印本后记》和《校正后记》各一篇外，孙犁先生又加写了较长的《新版题记》一篇，附录两篇：《怎样体验生活》和《和下乡同志们的通信》。

这是迄今为止《文艺学习》的最佳版本，1982年3月《孙犁文集》第四卷出版时，就是根据这个版本。此书32开，184页，印10万册，定价0.55元。就当时的条件看，书的纸张、装帧质量、印刷质量和校对质量，都是上乘的。想必，孙犁先生亲自校对了吧。

对《文艺学习》的搜寻，多年来我一直未停止过，但收效不大，可见此书的珍贵。前段时间见《旧书信息报》上的一则信息，有人以40元的高价出售1948年太岳新华书店版的《写作入门》，我当即汇款过去，不料，别人已捷足先登，可见喜欢它的人还不少。

但我拥有一本1964年作家出版社出版的《文艺学习》，书的封面上有一枚椭圆形“淮阳县图书馆藏书”朱色阳文章，忘记我是如何得到它的了；我另外还有其他的版本，但都没有这本宝贵，因为在这本书的扉页上，作者题有清爽的几个字：“段华留念　孙犁　一九八七年一月”——当时，我还不到18岁。先生一边题字一边讲着写作这本书的过程（我在当天的日记里作了记录），言语之间充满了对冀中火热生活的回忆。《文艺学习》当中所引的一些已用和未用的稿子，真实地记录了当时冀中人民的战斗经历以及所经受的苦难，所以，他十分珍视它。作者题字时的神态仍在我眼前，而他已驾鹤西游近半年矣……

什么时候我能搜齐《文艺学习》解放前的版本呢？

《荷花淀》最早的版本

世人皆知短篇小说《荷花淀》是孙犁先生的代表作之一，比较鲜明地代表了他青年时代文学创作的独特艺术风格，奠定了他在中国文学史上的地位，但人们对《荷花淀》一书的版本谈论却不多。

1955年通俗读物出版社出版的《荷花淀》

据我了解，《荷花淀》一书在新中国成立后先后有过不同的几个版本：1955年9月，北京的通俗读物出版社将《荷花淀》纳入“文学初步读物”系列出版，书中有《作者介绍》和《本书说明》各一篇，戴泽、邵晶坤插图五幅。此后，人民文学出版社、中国文联出版社等出版社陆续出了各自的版本，且每个版本篇目皆有变化，多寡不等，并且还有了英译本、法译本等。人们谈论《荷花淀》的版本不多，一方面是因为1958年中国青年出版社出版了《白洋淀纪事》，知道它的人更多，《荷花淀》的名声被湮没其中；另一方面也是因为《荷花淀》在建国前版本稀少的缘故。

1959 年人民文学出版社出版的《荷花淀》

短篇小说《荷花淀》在1945年5月15日的延安《解放日报》上发表后，引起轰动，毛泽东曾在发表《荷花淀》的那张《解放日报》边缘写下这几个字：“这是一个有风格的作家。”在此之前，孙犁在晋察冀边区和冀中区已经写了不少文学作品，早就可以出好几本书了，而且也出版了几本理论著作，那么为什么没有出小说集呢？这里面的原因，一是当时的各个解放区物资供应极其困难，为了偷运油墨就可能流血牺牲，油印尚且困难，何谈铅印出版，再者比出版一本文艺书的重要事情还多着呢；二是当时根据地影响最大的是戏剧、街头诗等等，群众喜闻乐见，政治宣传效果好，这类作品出版、油印得多；三是其后不久国内开始了三年解放战争，人们全力以赴打击进攻的国民党军队，顾不上出版书籍这些事；四是更重要的，孙犁从延安经张家口回到冀中，在《新安游记》里，因为把一个街道的方向写错，受到所谓“客里空”的批判，在各方面遭受到极大的压力，他不得已放下手中的笔在饶阳等地参加土改工作（读者们可以看出他这段时期作品极少），哪还顾得上或者说哪还有外部条件让他出书！

但是，1949年10月以前，确实有在孙犁先生不知道的情况下出版的《荷花淀》作品集。东北新华书店1946年就以《荷花淀》为书名出版过一本作品集，因是多人的合集，还不能说是孙犁先生的作品集。

此外便是“北方文丛”里的《荷花淀》版本了。

这个文丛里的《荷花淀》，有两个版本：一是香港海洋书屋版的“北方文丛”本，二是上海生活·读书·新知三联书店版“北方文丛”本。出版于1949年8月的三联书店版《荷花淀》，共印2000册，是完全根据香港海洋书屋版重印的，仅仅是出版单位有变化，兹不论。

1947年香港海洋书屋出版的《荷花淀》

1949年上海三联书店出版的《荷花淀》

“北方文丛”由周而复主编。周而复20世纪30年代初即在上海参加“左联”活动，1938年他离开“孤岛”上海途经香港、广州、武汉，从西安步行奔赴延安。1939年8月，他作为八路军总政第五文艺小组组长，同诗人鲁藜一起，通过层层日军封锁线，到达晋察冀边区，不久后被选为晋察冀文协执行委员、创作委员会委员与边区文联候补执委，与晋察冀作家孙犁等都很熟悉。

1942年夏，周而复奉命返回延安。1944年，随周恩来到重庆，为《新华日报》工作。在延安和重庆，周而复写了十几篇反映晋察冀边区战斗生活的长篇报告文学，结集为《晋察冀行》于1945年在重庆出版，其中《诺尔曼·白求恩片断》，1949年被编入“中国人民文艺丛书”。1945年，毛主席到重庆谈判之后，签订“双十协定”，成立了军调部，周而复作为新华社特派员，参加北平军调部报导工作，曾陪同周恩来、马歇尔访问各个解放区。1947年，周而复调入香港，参加文委工作。除创作长短篇小说外，还以海洋书屋名义，出版了他主编的三辑三十册的“北方文丛”，在香港与东南亚发行，极大地扩大了解放区文艺在海内外的影响。

香港海洋书屋印行的《荷花淀》，是在“北方文丛”第二辑中，于1947年4月出版。这一辑中有周而复的短篇《高原短曲》、赵树理的中篇《李有才板话》、韩起祥的说书《刘巧团圆》、东平的中篇《茅山下》、吴伯箫的报告《潞安风物》、李季的长诗《王贵与李香香》等作品。有意思的是，孙犁先生的这个集子被标称为散文集而非小说集。1981年，天津百花文艺出版社出版七卷五册本《孙犁文集》，孙犁先生只把《游击区生活一星期》和《白洋淀边一次小斗争》收进了散文卷里，其他四篇都收进了短篇小说卷。周而复先生把这个作品集标称散文，是因为孙犁先生在这篇小说里，把处于战火中的中国人民乐观的个性，以及不容外敌入侵的祖国大好河山写得太优美太像散文了。抗战时期，孙犁先生主要是在平汉路西的山里工作，从冀中过去的同志给他讲了两个真实的战斗故事，一个是关于地洞的，一个是关于白洋淀的，前者他写成了短篇小说《第一个洞》，后者就是《荷花淀》——可见人们把它当作散文也就不足为奇了。

孙犁先生对《荷花淀》的这个版本是有很深刻印象的。1949年4月2日，他在给康濯的信中说："在这里，找到了一本香港出的《荷花淀》，所欣慰者其中收集了我原想早已湮没的《游击区生活一星期》（一万字）和《山里的春天》两篇文章；其次别人又剪来上海《时代日报》介绍这本小书的葛琴和别人的文章，也把咱们小小捧了一下，虽是掌声不大，却也聊以慰情。"1982年12月8日，他在《谈稿费》里又特意为此书写了一段："1948年平分土地之时，周而复同志托周扬同志带给我一笔稿费，是在香港出版、题为《荷花淀》的一本小说集的稿费。那时我在饶阳农村工作，一时不能回家，物价又不断上涨，我托村里一个粮食小贩，代我籴了三斗小米，存在他家里。因为那时我父亲刚刚去世，家里只有老母、弱妻和几个孩子，没有劳动力，准备接济一下他们的生活。这可以说是我第一次得到写作的经济效益。"孙犁先生在这里没有明说他把粮食存在小贩家里的原因，其实就是我前面说过的当时他被批判，家尚不准回，何况再往家里送粮食。

香港版《荷花淀》存在的意义是比较大的。现在有不少人认为解放区是文化贫瘠之地，且不说当时解放区集中了一大批海内外闻名的文化人，就说对外交流一项，香港能在“北方文丛”里印这么多解放区的作品，实属罕见。况且，就《荷花淀》这篇小说本身来说，解放后的各个版本，编者自行审改，大失原意。孙犁先生曾在“文革”前后撰写《关于〈荷花淀〉被删节复读者信》《被删小记》等，愤怒地表达自己的不满。而香港版《荷花淀》较好地保存了原著面貌。

从晋察冀边区出来的戏剧家张学新，曾经在《天津日报》文艺栏目《满庭芳》上发表的《〈荷花淀〉最早在香港出版》中说：“孙犁的著名作品《荷花淀》，大家都很熟悉，可是它却是1947年最早在香港出版的。它是周而复在香港主编介绍解放区文学的‘北方文丛’中的一本书。” 据我了解，张先生这说法并不正确。

最早的《荷花淀》的版本，应该说是出版于1946年的单行本《荷花淀》。迄今为止，我没有看到有人提及过这个版本，孙犁先生本人的文章和书信中也从未提到过。对孙犁作品颇有研究和熟悉的冉淮舟先生，在其《孙犁作品单行、结集、版本沿革年表》中也没有提及这个版本；冉先生的这篇文章是经孙犁先生本人亲自审定的，如果孙犁先生看到这个版本，不会不列在表上，可见先生本人也不知道这个版本。

这个版本的《荷花淀》，仅收短篇小说《荷花淀》一篇文章，1946年11月由华中新华书店出版，大众文库编委会编，为“大众文库（文艺类）”之一种。另外就是文章前面说第一个报名参加地区队，后面又说区小队，这是个疏忽，因为地区队和区小队虽都是八路军的游击队，却是不同性质的武装队伍。地区队是八路军的正规部队的组成部分，相当于团级和营级单位之间；区小队属于区委领导下的地方部队，相当于排级单位，二者不能混为一谈。但是，这无伤大雅，并不影响《荷花淀》在文学史上的熠熠光辉。

经过六十多年的风风雨雨，这本书现在已经很破旧了，纸页发黄，很脆很容易折断，但它传达的文化信息，却自有独特价值。

孙犁的《书林秋草》

1983 年三联书店出版的《书林秋草》

《书林秋草》我有两本，原有的一本扉页有孙犁先生题字："段华留念　孙犁　一九八七年一月"；另一本是"碰"书时遇见。

文学史上往往有这样的例子：某位作家的一本书、一篇文章会奠定他的地位，但在现当代的作家里，孙犁先生却是一个独特的个案，即他的小说、散文、文艺理论、杂文和所谓书话一类的文章，都有其地位——这就不是一般人所能达到的了。

孙犁先生的书话不同于一般人的书话。一般来说，写书话的人大多关心古书、洋书，孙犁先生却是不拘一格，既关心古人的书和文章，也关心今人的书和文章。他不是个藏书家，也不想当藏书家；他读书，完全是根据自身的条件和写作的需要而定。看一看他的读书笔记，就知道他不但读文学作品，而且读一些野史、笔记之类的书，甚至清代大臣的奏折、皇帝的朱批谕旨，他也读得津津有味。这就决定了他不像老一辈书话家郑振铎、阿英、唐弢那样，对书的版本、源流等进行考证，也不多谈书人轶事；他所见到的，大多是普通的书、常见的书、当代人的书。他认真地读它们，深深地体味它们，利用自己的人生经验，用心地读出书的意味来。

这也就是说，孙犁先生的书话有着他自己的独特风格，他把书话当作散文来写，抒发自己真实的感想，畅叙自己人生的体验，娓娓道来，隽永含蓄。他不是特意写作书话，却是无心插柳柳成荫。散见在他的散文中的书话文字，让读者觉得亲切自然。孙犁先生从来不附议别人，在写读书心得的时候，他坚持己见，抒人所未抒，发人所未发。例如他读《庄子》，认为《庄子》一书也是现实主义的。而且，他的书话不管写得长短，都严肃认真，不敷衍了事。他自己说过："文艺虽是小道，一旦出版发行，就也是接受天视民视、天听民听的对象，应该严肃地从事这一工作，绝不能掉以轻心，或取快一时，以游戏的态度出之。"

孙犁先生真正被读书界所认识和了解，是从三联书店出版的《书林秋草》开始的，也可以说，《书林秋草》是第一次以一个完整的队列把他的书话、读书笔记展示在了读者面前，让大家看到写小说、散文、文艺理论、杂文之外的另一个孙犁。那时候，三联书店正在陆陆续续出版重排陈原的《书林漫步》、唐弢的《晦庵书话》增订本、郑振铎的《西谛书话》以及李一氓的初版《一氓题跋》和黄裳的《榆下说书》，每一本书的出版都会引起读书界的雀跃。而作为上述系列的一种，《书林秋草》的出版，更为读书界带来了一股清新之风。孙犁先生以后出版的《耕堂读书记》《孙犁书话》似乎都没有像这一次这样引起读书界的注意。

《书林秋草》1983年由北京三联书店出版发行，印数21500册，定价1.05元——前些时候看到《旧书信息报》“转让信息”版上有人出售这本书，要价已达48元。此书由《文艺报》的吴泰昌和三联书店的董秀玉共同编选。书的封面白地，画了两片荷叶，雅致而又脱俗，且与孙犁先生的一贯为人、为文风格一致。书名和作者名用的都是作者自已的题签，字迹如同空中流动的云。

买这本书时还有一个小插曲：2001年12月16日，我在天津古文化街附近的一个卖旧书的小摊上看见这本书，想买时，店主要30元钱，且不议价；我到店外闲遛了一会儿，找朋友罗广才代我去买，摊主仍索要30元钱。朋友用地道的天津话说：“大爷，您看我像个读书人吗？”结果，猜猜怎么着？10元钱，店主就痛快地卖了——可见，读书人有时买书，也要讲一下经济成本问题。

孙犁的最后一本小说集

这里所说的孙犁的最后一本小说集，并不是收录先生小说的最后一本小说集，而是说他的最后一本原创小说集——那就是《芸斋小说》。

进入晚年以后，孙犁先生的作品风格发生了很大的变化，没有了往日的诗情画意，更多的是一个老人的睿智和通达——孙犁先生在以大师的姿态，兢兢业业地用文字反映他对生活的激情和对人生的热爱。说是小说，其实，是孙犁先生在用文学的笔法反映人生的轨迹，反照风云变幻的历史。

新时期以后，孙犁先生的创作又进入了一个高峰期，他不但写了大量的散文、杂文和理论文章，而且也开始写小说了。1982年12月4日，他在致韩映山的信里说："我近来写了三篇小说，是写我在'文化大革命'中遭遇的。本来是不想写这些东西了，但有时想，我如不写，别人是不会知道这些细节的。为后世计，我还是写一点吧。”这就是孙犁先生写《芸斋小说》的动机和开始，可以看得出，他是经过仔细考虑以后，才做出写小说的决定的。

第一篇小说叫《鸡缸》。鸡缸只是孙犁先生所藏的一件普通瓷器，在“文化大革命”期间，却见证了它的主人的悲喜剧。这件小小的物品身上，却映照出时代的风云，实在是见微知著，微言大义，不愧为大师的手笔。这篇小说写于1981年11月24日，末尾缀有“其辞曰”三个字，用韵文作为结尾，有《史记》中“太史公曰”的意思，从中可见先生的《芸斋小说》的写实性。

但从《芸斋小说》的第二篇——《女相士》开始，孙犁先生在结尾就不用“太史公曰”似的笔法了，而是在结尾改用“芸斋主人曰”的说辞，可不能小看这几个字的变化，它说明孙犁先生的写作用意和审美寓意发生了重大变化。大家知道，历史和文学毕竟不是一码事，先生在写作的时候，必然要写到一些事情，难免有矛盾冲突，为了避免某些麻烦，他不得不采取小说的笔法。他一向比较喜爱读蒲松龄的《聊斋志异》，蒲氏的小说后都缀有“异史氏曰”的字样，孙先生现在用“芸斋主人曰”，恰好是向人们传达了这样一个信息：这是小说，请勿对号入座。而任何一个读者，却能从中体会到没有言传的深味。应该说明的是，孙犁先生并不是简单地套用蒲松龄的形式，而是每一段“芸斋主人曰”的话，都能与此篇小说产生紧密的联系，使它们成为一个有机的整体，不可分割。

1991年7月22日晨，孙犁先生写下了《芸斋小说》的最后一篇《无题》——这也是大师最后的一篇小说。在这篇小说里，孙犁先生给自己的一生作了总结："其中，有欲闻或不欲闻，有欲见或不欲见。或不得不闻，不得不见者，均系人生现实。"

在十年的时间里，他写了32篇《芸斋小说》，这种小说有的就是散文，它们在中国文坛上所引起的反响，大家有很多总结，这里不说也罢。曾经有读者责备先生不再写诗情画意的作品，先生在《戏的梦》里说，"世事的变化，常常是出乎人们意料之外的。每个时代，有每个时代的血和泪"，因此，"善良的人们，不要再责怪花儿不开、鸟儿不叫吧"。

1990年1月，人民日报出版社给孙犁先生印行了《芸斋小说》，共印4500册，36开本，封面以蓝色为主色调，书名四个字顶天竖排。该书共收小说30篇，另有一篇《谈镜花水月》作为代后记。应该说明的是，其中的《亡人逸事》在第一次被收进《尺泽集》时，是作为散文入选的。2002年5月25日，我在中国书店新街口门市部"碰"书，发现一本《芸斋小说》，定价2元（原价2.10元），当即买了下来。此书的原主人姓王，并在扉页上题写"1991年12月15日，于（北京）三味书屋"。除《心脏病》《忆梅读〈易〉》《无题》三篇小说外（它们收在先生的《曲终集》里），先生所写的《芸斋小说》，都在这里了。

此书，我原有一本。书出版时，我还在南开大学，距离孙先生的住处很近，经常到他那里去玩。书出版后，样书一到他手里，他就送给我一本，并在扉页上题字："段华同志存念 孙犁 一九九〇年二月"。我在第二天给先生送我的《芸斋小说》包了书皮，并仿先生的书衣文录体在书衣上写下了几段话，其中的一段这样写："昨天上午，天晴得很好，春节后天津是少有好天。上午去看孙犁，老夫子正在家整理《孙犁文集·续编》的文稿，这些文稿是各地复录来的，如《现实主义文学论》等（原以为这些文稿都散失了）。看样子他精神也挺好，少有的健谈，爽朗大笑，妙语连珠。”他的这些妙语，我都记在了当日的日记里。

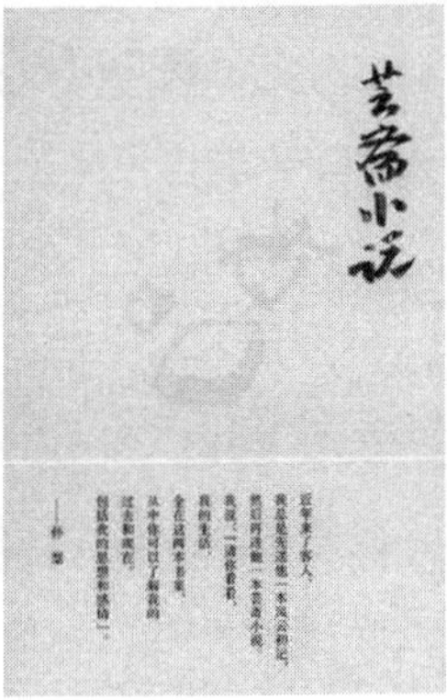

孙犁先生已经作古，人们是再也不能听到他爽朗的笑声了；孙先生去世时我正在新疆天山腹地，不能为他送行，留下我终生的遗憾。现在，抚摸着手里的两本《芸斋小说》，我心中的疼痛和悲伤，真是无法言说。

关于《文学短论》

2001年1月9日在海淀区的中国书店的旧书门市部闲逛，发现一本孙犁著作《文学短论》，马上买了下来。当天晚上阅读时，我对此书版本产生了兴趣。

孙犁最早以《文学短论》为书名的书出版于1950年12月。上海文化工作社把它收在了“未名丛书（5）”里，所收录的有《文艺学习》《怎样认识生活》《怎样认识解放区文学的内容和主题》《怎样阅读小说》《苏联文学怎样教育了我们》《欢迎苏联代表团》《迎法捷耶夫》《人民性和战斗性》《〈亲家〉》《〈腹地〉》《〈郝家俭卖布〉》《红杨树和曼晴的诗》《新文学和新中国妇女》《从小说〈小军和小彦〉看农村婚姻》《谈工厂文艺》《略谈下厂》《关于“读者往来”》《关于生活报告》《“五四”运动与中国文学遗产》《说书》《介绍〈时事传〉》，共21篇文章。

1953年3月，该出版社以“未名丛书（10）”为名出版了《文学短论》的续编，收有《抗日战争的文学作品》《捍卫祖国的任务》《站在祖国的光荣岗位上》《作品的生活性和真实性》《寒假里的阅读》《关于文艺作品的“生活”问题》《马雅可夫斯基》《托尔斯泰》《果戈里》《论切实》《怎样把我们的作品提高一步》《领会和收获》《关于小说〈荷花淀〉的通信》《鲁迅的小说》，共14篇文章。

短短的时间里，孙犁出版了《文学短论》的续编，一方面说明他的勤奋，另一方面也说明他在进行创作的同时，同样注重理论的修养和研究。

1953年9月，上海文化工作社根据1950年12月的版本，重新出版了《文学短论》，标明为“正编”，算是与续编配套了；不过，与初印本比较，抽去了《“五四”运动与中国文学遗产》《说书》和《介绍〈时事传〉》等三篇文章。

1963年11月，作家出版社出版了《文学短论》的新编选本，共收文章27篇，与正、续两编比较，《全面的进修》《论培养》《论情节》《论风格》《论农村题材》《〈红楼梦〉的现实主义文学成就》《勤学苦练》是第一次被收进来，可见孙犁先生的理论修养在逐渐深化。书后有《新

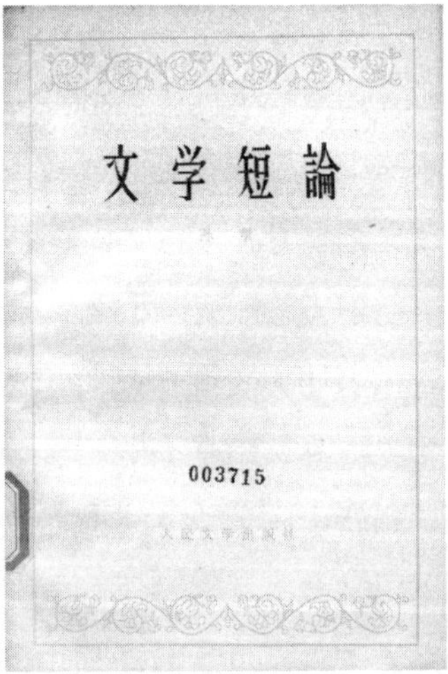

1978年人民文学出版社出版的《文学短论》

版后记》一篇。

1978年10月，人民文学出版社根据作家出版社1963年11月的版本，重印了《文学短论》，增加了《〈作画〉》《关于短篇小说》《关于中篇小说》《关于长篇小说》《关于文学速写》《关于散文》《创新的准备》《编辑笔记》等八篇文章，可见孙犁先生已开始全面探讨文学的各式体裁的理论问题。书中除原有的《新版后记》外，又增加《增订本后记》一篇。

我在海淀买的这本《文学短论》是1978年的版本，书中有“国家农垦总局图书室”圆形的朱色阳章。我有收罗旧书的习惯，在此之前，已在近十年间搜到几本《文学短论》：一本1978年的版本，送给了喜爱孙犁作品的山东青年作家自牧；另一本1978年版的书是1992年9月23日在南开大学图书馆读者服务部购得的，内有“南开大学图书馆藏书”圆形朱色章印、“南开大学图书馆书刊注销章”蓝色章印，这本书现在我手里。2000年在北京一家旧书店买到1963年版的《文学短论》一本，内有“海军图书馆”字样。

上述几本书的品相都不错。最破的一本是1963年的版本：书皮已破烂不堪，书脊上的文字全部烂掉，连封面上的“淮阳县图书馆藏书”的椭圆形朱色章也几乎看不清楚了。但是，这本书却是我最为珍视的，因为上边有孙犁先生的亲笔签字：“段华留念 孙犁 一九八七年一月”。

只可惜，我忘记了这本书是在哪里得到的了。

《晚华集》里的故人情怀

就书的内容来讲，在孙犁先生新时期以来所出的十部作品集里，第一个集子《晚华集》中，回忆故人和几十年的学习、战斗、写作历程的文章最多。

这是因为，在经历了“十年荒于疾病，十年废于遭逢”之后，年逾六旬的孙犁先生又开始了笔耕生涯，近二十年的创作空白，个中的滋味自然难以言传。忆起曾经在战火中出生入死的战友，他颇不平静：战友们虽都是一些平凡的人，但他们一生的经历，自然也有不平凡之处。如同孙犁先生一样，他们把火热的青春都献给了祖国的艰难时代，后来却不幸遭遇了灾难。

例如画家马达，曾经把青春都献给了祖国，最后却遭到抄家，临死的时候，“马达住在那个生产大队临大道的尘土飞扬、人声嘈杂、用破席支起来的防震棚里，另有一间住房，也很残破。客人们去了，他只有一个小板凳”，客人只好拾块破砖坐下

来。这样的遭遇，让人怎能不悲怆！（《悼画家马达》）

然而，即使如此，孙犁先生在回忆战友们的时候，也从不用浓墨重彩，而是通过一个一个的细节，使战友们的音容笑貌深深地刻印在读者的脑海里。文学创作，无论是煌煌巨著，还是千字短文，无不是利用一个又一个细节来打动读者的。孙犁先生自然明白个中真义。在回忆沙可夫的时候，孙犁先生谈到1942年他不愿到报社当编辑，在街上遇见沙可夫，讲了自己的意见，一向随和谦虚的沙可夫，“那一次他很严肃地只说了三个字：‘工作嘛！’”一个讲原则的文艺领导的形象，就活灵活现地出现在读者的面前。

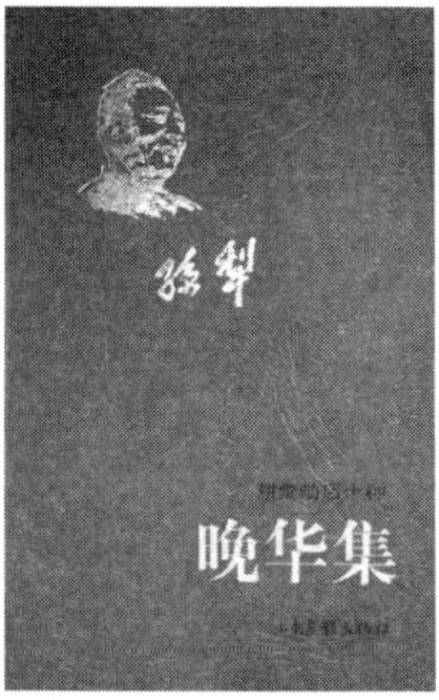

在回忆起伙伴们的时候，他也不是大肆渲染。“在青年时代，在艰苦岁月，在战斗中建立起来的感情，就如同板上钉钉。钉虽拔去，板有裂痕。每当我想起他们的时候，心里是充满无限伤痛的。”（《近作散文的后记》）。纪念死者，也是为了更好地生活下去。因此，孙犁先生在为战友写怀念之辞时，虽然心中充满伤痛，但从来都是匠心之笔，点到为止——例如，他在怀念远千里时，只是说："现在，不知他魂飞何处，或在丛莽，或在云天，或徘徊冥途，或审视谛听，不会很快就随风流散，无处召唤吧。"（《远的怀念》）任何人读这样的文字，都不能不感动吧。

集子里有些回忆战友的文章，在报刊上发表时，有的就有副题，如《忆晋察冀火热的生活》。关于晋察冀，文艺家们表现得已经很多了，孙犁先生却用自己的亲身经历，审视那个时代的抗战，人民的精神。从抗战开始，孙犁先生20多岁参加八路军，到新中国建立，在十几年的时间里，他大部分时间生活在晋察冀，在四野肃杀的夜晚，在大雾茫茫的黎明，和战友们一道与敌人周旋在千里大平原上或莽莽群山中。他与那里的普通群众，与那里的山山水水、一草一木，都有了不可割舍的感情——每一次回忆，他都感到："这种人物，这种生活，这种情感，越来越珍贵了。"（《关于〈山地回忆〉的回忆》）因此，孙犁先生下笔的时候，都会不可抑制地表达对那里的山水和人民深刻的爱。

有爱才有感情，有感情才有写作的源泉，而"我的职责，就是如实而又高昂浓重地把这种感情渲染出来"。这可说是孙犁先生晚年的作品与《荷花淀》具有不同魅力的原因之一。经过多年的磨难，孙犁先生的作品不会再有清新、巧奇、诗意的感觉，沉淀下来的，只有浓浓的情愫：情虽抒过，绕梁三日，余音不绝。

如同美丽的黄鹂啼叫时要伴春雨、宿露一样，"各种事物都有它的极致。虎啸深山，鱼游潭底，驼走大漠，雁排长空，这就是它们的极致。在一定的环境里，才能发挥这种极致。这就是形色神态和环境的自然结合和相互发挥，这就是景物一体。典型环境中的典型性格，也可以从这个角度来理解吧。这正是在艺术上不容易遇到的一种境界”（《黄鹂》）。文学创作有主观、客观的原因，也有它们相互吻合的极致，孙犁先生早期与晚期作品的不同风格，或许也可以从这个角度来理解。

青春万花筒般的《秀露集》

与《晚华集》相比，孙犁先生在《秀露集》中固然是以无限怀恋的感情，回忆了青年时期的战友，例如诗人李季，但他的写作重点究竟是作了转移，更多地是开始回忆自己的青春，奋斗的青春。

毫无疑问，《文学和生活的路》是孙犁先生展现自己的最重要的一篇文章。在这篇长达12000千字的文章里，作者既回顾了自己的生平，又总结了自己的创作经验；既谈了人生观，又谈到美学理想，每一处都说得诚恳、准确、全面和翔实。

在谈到作品的艺术性问题时，孙犁先生与以往的社会固有理论截然不同，他认为作品的艺术性首先并不是表现在思想修养上，而是源于生活阅历的积累。可以这么说，对于一部经典的著作，可以从不同的角度进行多方面的探讨。一般的读者也好，职业的批评家也好，面对着一本书时，他最终要和它进行单独的沟通和交流——这个时候，如果作家在文章中不能提供他独特的阅历和积累，势必不能使读者产生新鲜的感觉，接收到新信息；那么，这部作品就不会有长久的生命力了。读者要看的作品，连接着作者独特的经历，作品中包含着令人着迷的花絮，勾人心魄的种种奇遇，以及纷繁复杂的人生理想。由此可见，作家独特的阅历和积累首先决定他给读者提供的餐点是否可口。

而且，就作品的思想性本身而言，孙犁先生所强调的也不是政治理想，而是人类共有的崇高理想——通过作品表现出来的对人类的关爱之心。“思想不是架空的，”他说，“不是说你想亮一个什么思想，你想在作品里表现一个什么思想，它是通过艺术、通过生活表现出来的，那才是真正的作品的思想高度和思想境界。”实际上，孙犁先生在这里还是在强调作家的独特性，要避免世俗化、概念化。政治不能被当作一个概念，必须渗透进人们的日常生活之中，作家在写作时，必然表现他的日常生活，这时候就带有了政治倾向；政治作为一个概念时，不能用作艺术上的表现，孙犁先生说：“一部作品有了艺术性，才有思想性。”

正因为如此，他才能表现出自己独特的文艺观、审美观。几千年来，中国人都以为善于夸张的《庄子》写得恣肆汪洋、阔达浪漫，孙犁先生却说：“像《庄子》这样的书，我以为也是现实主义的。”理由在于，庄周是夸张性地写了生活的细节，用的是人们常见的事物，来说明哲学思想；实际上，庄周极高的艺术性吸引了读者，使读者在不知不觉间接受了他的观点。这尽管令人感到有点不可思议，效果却是如此。（《耕堂读书记·庄子》）正因为这样，孙犁先生才主张，“现实主义”之前不必要加什么限制词，甚至在“人道主义”之前，也不必加限制词；无论属于历史的哪个阶段，地球的哪块陆地，世界的哪个人种，人道从来都是相通的。因此，他说：“凡是伟大的作家，都是伟大的人道主义者，毫无例外的。”又说，“曹雪芹是这样，普鲁斯特也是这样。”

孙犁先生也说过，他幼年时从文学见人生，青年时从人生见文学；青春的万花筒给了他写作的机遇和才华。他不媚俗，不气馁，不计较别人如何评说，按照自己的意愿，靠着额头上的汗水从青春一步步走到今天，我们或许感到痛苦——从他的不媚俗的崭新的概念里，原来的一套程式被他打烂打乱，但我们偏偏从他的作品中得到了持久的深远的乐趣。

这也许是孙犁先生的作品成为杰作的原因。

《澹定集》：丝绸般的轻逸

孙犁先生的作品的长久魅力在于——说行云流水也罢，说如诗如歌也罢，说清新优美也好——其实都透出一股丝绸般的轻逸来，使读者在阅读的过程中产生极大的快乐，乐此不疲。从他的《澹定集》里仍然可看出这种很难遇到的轻逸来。

“现在想来，青少年时代，确是一个神秘莫测的时代。那时的感情，确像一江春水，一树桃花，一朵早霞，一声云雀。”这是他在《与友人论学习古文》中的几句话，在严肃的题目之下，忽然间跃出几句优美的话，使人顿时解除了正襟危坐的姿态，从拘束、枯燥的天地里，从沉重的心情超拔出来。

孙犁先生说过，语言是文学创作的第一要素，作家要想写好作品，必须注意语言的技巧，不拘一格。在文学上，语言、语法和语气，是有很多变化、很多风格的。他的语言技巧在于，遣词造句苦心经营，尽量以自己固有的方式表达出来，似谲而正，

“注彼而写此，目送而手挥”（戚蓼生评曹雪芹之语）。他的语言技巧当然不止这些，这是今后我们应当再加以研究的。

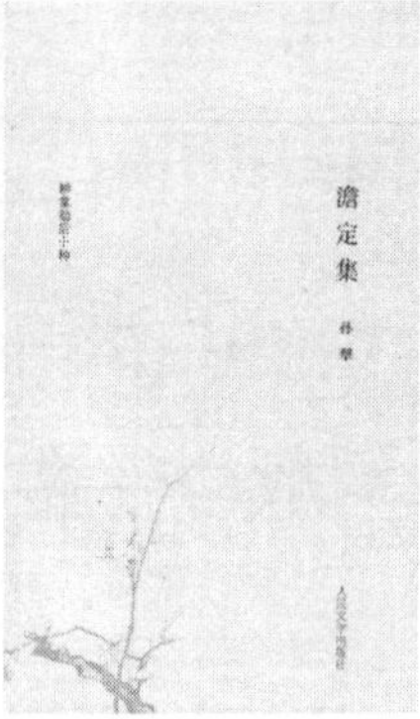

然而，语言仅仅有技巧还是不够的，语言也有作家本人的风格，各人对生活的重视程度不同，理解的深刻程度不同，必然也要反映到表达的感情之中，从而给他的语言带来不同的色彩。孙犁先生对生活的独特理解和表达方式众所周知，从《荷花淀》到《山地回忆》，从《风云初记》到《铁木前传》，他尽可能地以优美的语言挖掘生活中的美，人性中的美。而在《澹定集》中的《同口旧事》一文里，洋洋洒洒几千言，他叙述了自己的那一段特殊的生活经历，重点却在于叙述同学的友情，战友的热情帮助和鼓励。在风云变幻之中，能得到别人的真情和帮助，那该是如同空中的彩虹一样美好——孙犁先生就是这样给我们展示了他的作品的魅力。

与此同时，他在集子中的几篇《读作品记》里，潇洒地评介他读到的作品以及这些作品的作者。孙犁先生说：“我写这些文章时，字斟句酌，反复推敲；是出于至诚，发自热心；是谈我个人读书的感想，是从主观直感出发，我不去参考别的评论家的调子……”真诚的文学所散发出的独特魅力，读者也就可以想象得到了。

其实，孙犁先生的作品显轻逸的另一个重要原因，除独特的语言和感情之外，就是从文章的形式看，鲜有长文，如同他在《读一篇散文》里评价贾平凹的散文时所说，他的散文既有真情实感又短小精悍，“它是心之声，也是意之向往，是散文的一种非常好的音响”。因此，我在这里说，孙犁先生的散文有着晶莹的光彩，丝绸般的轻逸，让人痴迷，并不为过吧。

《风云初记》：再现风云

八年全面抗战的深重灾难正在慢慢离我们而去，少年儿童对抗日战争的感觉也一点点模糊起来。但对艺术家来说，尤其是经过那一段战火的艺术家，日月却正一点点定格，在历史的长河里，他们用笔把时代的风云都刻画雕塑出来了。

1951 年人民文学出版社出版的《风云初记》

毫无疑问，在中国的抗战小说方面，孙犁先生的长篇小说《风云初记》是其中非常有代表性的一部。

在以往评论家的笔下，这部小说最大的缺点是结构的散漫。从当时的文艺观来看，可以这样说。但作者既然已把“风云”作为中心来写，他必然要从各个侧面来艺术地反映。他并没有着重讲情节过于跌宕的故事，而是在看似不经意之间，精心地构建了这部近30万字的长篇小说，用看似不连贯的情节和故事，多侧面多向度地拼贴出了抗日战争初期冀中平原人民的英勇和顽强，对胜利的坚定信心和坚强斗志。孙犁先生在小说里交代了时间和地点，也具体写了几个代表人物，如支队长高庆山、年轻的战士芒种、青春焕发的农家姑娘春儿、坏蛋高疤等等，但在结尾，他甚至没交代清楚任何一个人物的结局如何。战争刚刚开始，故事并没有结束，各个人物的前途、未来势必被笼上一种神秘莫测的气氛，好像法国新小说派笔下的人物，让读者掩卷之后仍产生一种探奇的欲望。

1953年人民文学出版社出版的《风云初记》

在写作的同时，孙犁先生清楚地意识到了作家自身的责任和义务，他没有把自己当一个旁观者，而是清醒地把自己的情感从内心抒发出来渗到了作品中。例如，在作品的最后，作者不仅用整整一章的篇幅作了抒情，甚至在写抗战学院教官变吉哥的行军时，多处用了散文中常见的抒情笔法；有时候，他忍不住直接进入抒情的角色：“亲爱的家乡的土地！在你的广阔丰厚的胸膛上，还流过汹涌的唐河和泛滥的滹沱河。这些河流，是你身体里沸腾的血液，奔走和劳作的动脉；是你的奋发激烈的情感，是你生育的男孩子们的象征……”也许正因为这些浓郁的抒情，加上优美的语言，才使他的小说有了“诗体小说”之称。

在写每一个人物的时候，孙犁先生也很少用判断性的语言，而只是写人物本身的一些行为、动作、语言等方面，并没有从所谓的心理角度故作高深地挖掘，甚至在写青春少女春儿初恋时，也仅仅写睡着了的春儿，睡得很香甜：“养在窗外葫芦架上的一只嫩绿的蝈蝈儿，吸饱了露水，叫得正高兴；葫芦沉重地下垂，遍体生着像婴儿嫩皮上的茸毛，露水穿过茸毛滴落。架上面，一朵宽大的白花，挺着长长的箭，向着天空开放了。蝈蝈儿叫着，慢慢爬到那里去。”这荡开的一笔实在是神来之笔，准确地表达了青年男女初恋时的幸福和愉快，欢乐和甜蜜。

事实上，围绕“风云”二字，孙犁先生也没有浓墨重彩地去描述某一个事件，除了某些对读者的直接致词（主要是指抒情）外，他在小说中体现了多种声音，这些声音各不相同，却各自带有一定的客观性，从而避免了作者本人的主观判断。不管怎样说，孙犁先生就是把那些客观的事件展现在读者面前，告诉了读者应该歌颂什么，赞扬什么，反对什么。

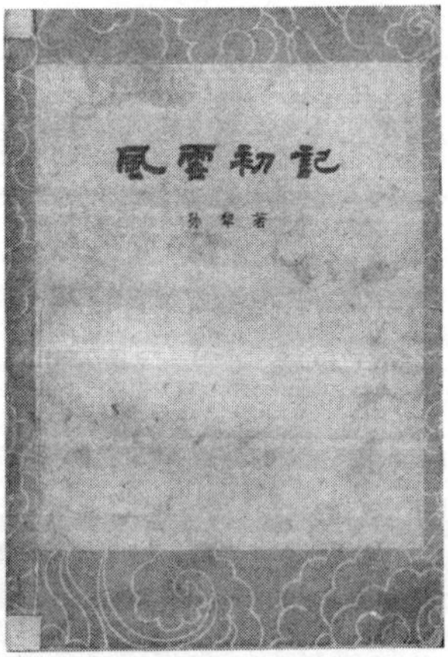

1963年作家出版社出版的《风云初记》

这部小说最初在地方报纸上连载，却全国瞩目；作者用不带政治腔调的、纯美如诗的艺术语言去写残酷的抗日战争，所呈现给读者的画面长久嵌在他们的记忆中。

孙犁先生写这部小说时，正当壮年。如今，他已近90岁了，岁月在他的白发上刻下了道道年轮，但在抗战的烽火里出生入死的他，至今仍耳聪目明心慧，肩背挺直，声音宏亮。他的作品获得了有眼力的读者的赞同。

“他的《风云初记》，客观真实地再现了时代风云，永恒不朽。”他走在阳光天地里，人们会指着这位身材高大的老人的背影说。

一座研究孙犁的“老房子”

当我重新阅读冯健男的文章《孙犁的艺术》时，心中总是荡漾着一种愉悦的感情。评论孙犁先生的文章太多了，冯健男的《孙犁的艺术》，应是比较早的从文本角度研究他的作品的有分量的评论之一。

我最早看到这组文章，是在百花文艺出版社1982年出版的《孙犁作品评论集》里。孙犁的文学创作，在中国现当代文学史上产生的广泛而深刻的影响，自不用多言了。从20世纪40年代起，他的作品就引起文艺界的瞩目和评论。新中国成立后，对孙犁创作的研究，在广度和深度上，又有新的发展和突破。1956年的一个秋夜，孙犁先生在改《铁木前传》的清样时晕倒过去，不得不暂时停笔。而这期间，冯健男就把先生的短篇、中篇和长篇小说，作了第一次全面的、系统化的论述，第一次全方位多向度地研究了孙犁作品的独特风格。这在孙犁作品评论历程里，是谁也绕不过去的——这正是冯健男的《孙犁的艺术》的价值所在。

在《孙犁的艺术》里，冯健男认为，孙犁作品的高妙之处在于，善于描写、刻画人物尤其是农村妇女的形象。青年妇女和少女的形象，更是被他描写得绘声绘色和生动活泼，体现了中国劳动妇女的聪明、美丽、多情、勇敢的特色。而且在人物描写上，他也是致力于用顶简单的描写，表现出完整的形象，人物的思想感情和性格，总是借行动和语言表达出来。

冯健男还认为，孙犁就是通过人物富于表现力的行动和语言，来刻画人物性格的。“人物的言语行动和他们所具有的思路没有游移的迹象，和他们所处的环境适应得非常贴切，”冯健男说，“这正是孙犁的艺术手腕和艺术特色的重要表现。”

须知，冯健男写此文章的时候，是1961年11月，冯先生不从政治概念出发而从艺术本身出发去评论孙犁作品，一方面说明他遵循艺术规律，另一方面也说明，评论家早已注重孙犁作品的系统化的文本研究。

2001年2月23日，新世纪首届孙犁作品研讨年会在天津召开。我在会上发言时曾经说，我们要想完整地理解孙犁，就必须对孙犁的所有作品，包括他的小说、散文、诗歌、文论、画论、书论、杂文等进行全面的系统化的研究，这样才能准确地反映出孙犁的风格，我就是想到了冯健男先生的《孙犁的艺术》（包括他为《荷花淀派作品选》写的序言）。冯先生是走到了我们前面，提供了可借鉴的经验。

冯先生的《孙犁的艺术》共分三部分，陆续发表在《河北文学》上。2001年3月17日下午，我到天津办事，办完事到孙犁先生经常提到的烟台道古籍书店“碰”书，忽然间发现冯健男的《作家的艺术》一书，书里收有《孙犁的艺术》，我花了三元钱毫不犹豫地买了下来。

书中共有11篇评论，涉及梁斌、吴强、柳青、康濯、李满天、沙汀、马烽、峻青、玛拉沁夫和孙犁这10位作家，对前9位作家政治概念化的论述多，对孙犁的作品却是文本研究多。全书218页，《孙犁的艺术》就占了63页，可见冯先生对孙犁作品研究的重视。

《作家的艺术》于1963年由百花文艺出版社出版，内页是黑色草纸，可约略反映出三年自然灾害的状况；封面上有一正方形“天津教师进修学院藏书图章”，朱色阳文；扉页上除有上述章外，尚有一椭圆形朱色阳文“天津市河北区教师进修学校资料室藏书章”印，从中可推见书的命运。

冯健男曾在河北师大中文系工作，现已作古。我在买到《作家的艺术》当晚，回到北京阅读《孙犁的艺术》时，感觉冯先生已给我们搭建了一座研究孙犁的“房子”，时间愈久，“房子”愈老，却益发古色古香起来。

辑　三

孙犁先生的信

春节前整理旧物，忽然发现一封孙犁先生写给我的信。查阅山东画报出版社出的《芸斋书简》，在他给我的那些信里，并没有这一封。这算是一封佚信。

孙犁先生一生没少写信。据他在文章中说，抗日战争期间，他参加八路军，在晋察冀边区工作，给通讯员和文学爱好者写过不少信，文字很长，数量很大，有时一天写几十封，并且充满了激情。可惜经过了战火洗礼，这些信现在一封也找不到了。

孙犁先生现在所留存下来的信，大都被收进山东画报出版社1998年出版的《芸斋书简》里，共596封，35万多字。他年近古稀之后，十几年的时间，又进入了辉煌的创作时期，除了写出130多万字的作品外，就是这些书信了。他有时一个月写十几封信，可见他与社会各界联系的密切程度和写作的勤奋。

这些信的内容涉及各个方面，在我看来，一是纯粹谈日常生活方面的，如给韩映山、邢海潮、鲁承宗的信；再就是谈写作、读书心得，如《给一位中学生的信》，给卫建民的一些信，《关于传记文学的通信》《散文的感发与含蓄》等，这些实际可被看作孙犁文论的一部分；还有谈一些其他艺术门类的信，例如与韩映山、徐光耀谈书法、绘画等方面的见解、心得等。

从现存的数量看，孙犁先生给韩映山写的信，约有154封；其次是给冉淮舟的，有154封；再次是给邢海潮的，83封；接下去是康濯，有76封；给徐光耀的有48封。他给我也写了不少信。

孙犁先生最早给我写信，是在1985年，那时候我还是一个十五六岁的少年。他给我写信最多的时候，是我从南开大学中文系毕业到北京工作以后。他在信里告诉我一些读书的心得或买书的诀窍，或通报他最近的读书情况和正写作的文章。这些信或用钢笔，或用毛笔，一律是竖写，字体极其工整，很少改动。可惜，我初到北京时居无定所，多次搬家，信没有放在一块儿，其中的一些在刘宗武先生编辑《芸斋书简》时怎么也找不到了。

今天发现的这封信，孙犁先生于1995年1月2日，用毛笔写在耿二先生给他的宣纸信笺上，古色古香，疏朗有致，可当书法作品欣赏。其中讲到他想弄书目的计划，现在看来，对他是个未了的心愿，对读者来说是个很大的遗憾。我在1994年12月下旬伤了右膝关节，孙犁先生在信中首先问了我的腿伤，其次是告诉我他正在做的事情。信虽不长，关怀备至，在多年后的冬夜重读，一股热流也会从心底袅袅升起，温暖全身。

芸斋书简

——致段华（十八封）

段华同志：

前后来信，及寄来莲子均收到，甚为感谢。莲子，从上次谈过，后来就没吃，还存着很多，以后不必寄了。

你的文章看过了，故事还可以，只是陈旧一些。里面有些字恐不妥，我没有划出，请你修改时，再斟酌。

我的身体，还是很虚弱，前几天又感冒一次，抵抗力差了。

祝

学安

孙犁

六月四日（一九八七年）

段华同志：

《人民文学》一九九〇年第九期，有题为《半个世纪的情谊》（不太准确）是写我和康濯的关系的文章，请你查阅一下，如有，请复制一份，便中带来即可。

祝

好！

孙犁

六月十九日（一九九一年）

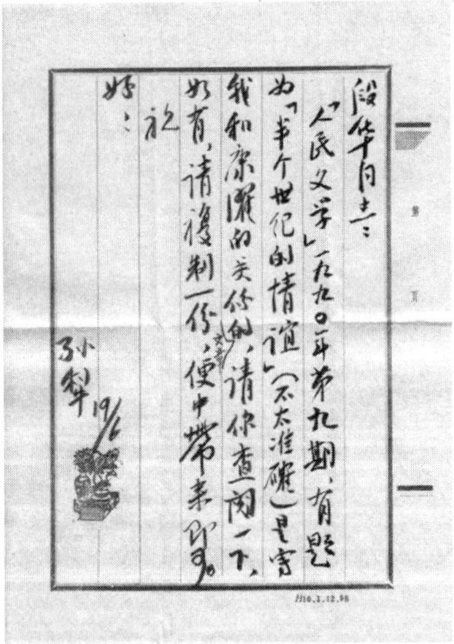

段华同志：

「人民文学」一九九〇年第九期，有题为「半个世纪的情谊」（不太准确）是写我和康濯的关系的文章，请你查阅一下，如有，请复制一份，便中带来即可。

祝

好！

孙犁 19/6

段华同志：

你的论文已读过，请便中取回。

请复制一份材料：

《江城》月刊一九七九年五、六月合刊载《〈善暗室纪年〉摘抄·去延安》一文。

如你们图书馆没有此杂志就算了。

祝

好！

孙犁

一月六日（一九九二年）

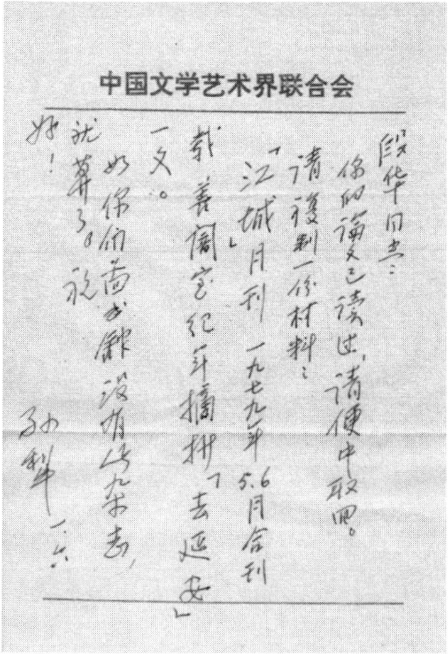

中国文学艺术界联合会

段华同志：

你的论文已读过，请便中取吧。

请复制一份材料：

「江城」月刊 一九七九年5.6月合刊

载姜德宏纪年摘抄「去延安」

一文。

如你们图书馆没有此杂志，就算了。祝

好！

孙犁 一.六

段华同志：

前后来信，均收到，甚为感谢！

短信，因没有多少内容，我意先放一放，以后有机会再发表。你献血的钱，可买些营养品，不要用来购书。

绍棠处，我已写信。

我身体仍很虚弱，一时写不了文章，半年以后，或可平复。

即祝

近安！

孙犁

十月二日（一九九三年）

段华同志：

收到来信。希望您注意身体，可到医院检查一下。

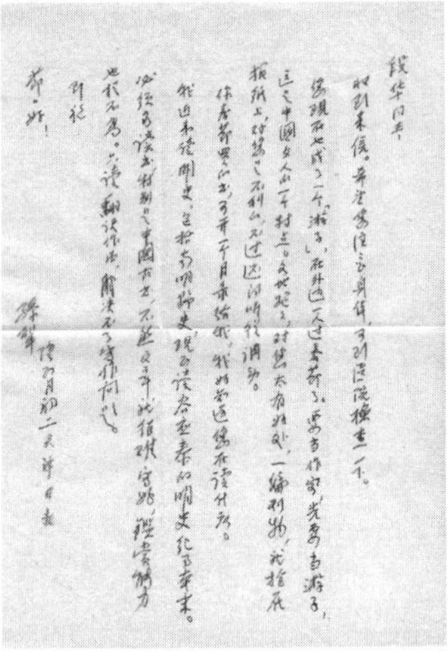
段华同志：
收到来信。希望您注意身体，可到医院检查一下。
您现在也成了一个"游子"，在外边一个人过春节了。要当作家，先要当游子，
这是中国文人的一个特点。各地跑跑，对您太有好处，一编刊物，就拴在
报纸上，对您是不利的，不过还得听从调动。
您春节买的书，可开一个目录给我，我好知道您在读什么。
我近来读明史，包括南明野史，现正读谷应泰的明史纪事本末。
必须多读书，特别是中国古书，不然文章就很难写好，鉴赏能力
也提不高。只读翻译作品，解决不了写作问题。
即祝
节日好！
孙犁
阴历正月初二

您现在也成了一个“游子”，在外边一个人过春节了。要当作家，先要当游子，这是中国文人的一个特点。各地跑跑，对你太有好处，一编刊物，就拴在报纸上，对您是不利的，不过还得听从调动。

您春节买的书，可开一个目录给我，我好知道您在读什么。

我近来读明史，包括南明野史，现正读谷应泰的《明史纪事本末》。

必须多读书，特别是中国古书，不然文章就很难写好，鉴赏能力也提不高。只读翻译作品，解决不了写作问题。

即祝

节日好！

孙犁

阴历正月初二（一九九四年二月十一日）

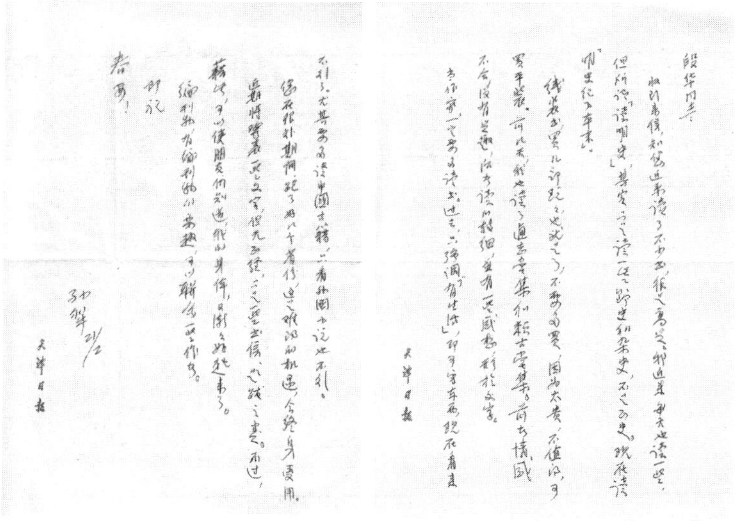

段华同志：

收到来信，知您近来读了不少书，很是高兴。我近来每天也读一些，但所说“读明史”，其实只是读一些野史和杂史，不是正史。现在读《明史纪事本末》。

线装书，买几部玩玩，也就是了，不要多买，因为太贵，不值得，可买平装。前几天，我也读了《通志堂集》和《赖古堂集》。前者情感不合，没有兴趣，后者读得较细，并有一些感想，形于文字。

当作家，一定要多读书。过去，只强调“有生活”， 即可写东西，现在看来不行了。尤其要多读中国古籍，只看外国小说也不行。

您在很短期间，跑了好几个省份，这是难得的机遇，会终身受用。

近期将发表一些文字，但无正经，只是一些书信、题跋之类。不过，藉此，可以使朋友们知道，我的身体，又渐渐好起来。

编刊物，有编刊物的乐趣，可以联系一些作者。

即祝

春安！

孙犁

二月二十一日（一九九四年）

段华同志：

来信及报纸均收见，甚为感谢！刊头，版制得很好，显得我写的字也好看了许多。

您也不能只读古书，还应当以新潮书籍为主，藉知世界文化现状，沉潜于故纸堆中，不是您现在应该做的事。

编刊物也应该兼收并蓄，不能只登一种风格的文字。过去，文艺刊物，要办得出色，无不是采取集纳主义。

以上希您参考。

附上小字幅一张，为今天所写，以助雅兴。

即祝

编安！

孙犁

三月十五日（一九九四）

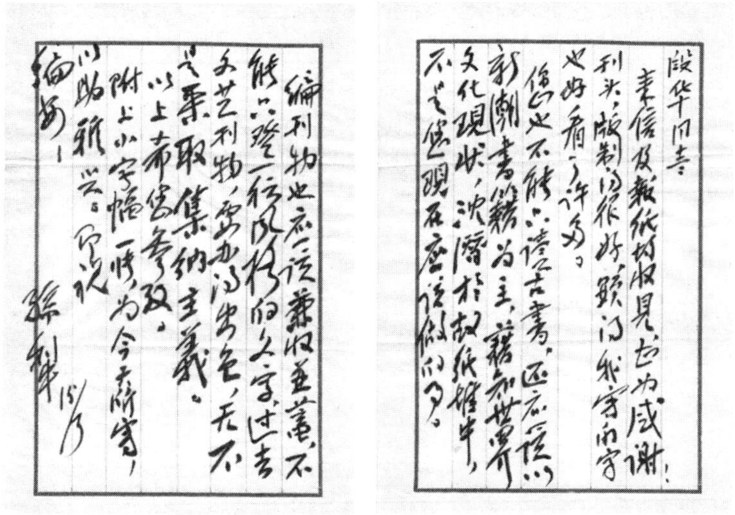

段华同志：

来信及报纸均收见，甚为感谢！刊头，版制的很好，题的我写的字也好看了许多。

您也不能只读古书，还应该以新潮书籍为主，藉知世事，文化现状，沉溺于故纸堆中，不知现在应该做的事。

编刊物也应该兼收并蓄，不能只登一种风格的文字，过去文艺刊物，要办的出色，无不是采取集纳主义。

以上希望参考。

附上小字幅一张，为今天所写，以贻新[illegible]。即祝

编安！

孙犁 15/3

段华同志：

来信收悉。我不看小说。

那幅字，没想到您去裱，用的是剩墨，弄不好会洇。

最近发了很多信，要暂停。三月二十三日，《天津日报》发了一篇读书记：《读画论记》，近八千字，一次登完。这算是我病后正规写作之始。

我也有一部《六十种曲》，是开明原版，当时已有影印新本，但我讲究版本，还是买了一部旧的书。只是书皮有些破损，内文还是很新。抄家发还，我又修整了一次，放在那里没有读过。我平生对词、曲两项，读得很少。《六十名家词》，甚至《全宋词》都买了，就是懒得看，不知何故。《牡丹亭》是因为《红楼梦》推崇，幼年即读过，至今放一本在手下，所以那幅小张字，就是随手抽出照写的，并不证明我正在研究戏曲。

但张相那本《诗词曲语辞汇释》，我以为很有用，没事翻翻，对创作有好处。

您忙，没事不必复信。即祝

编安！

孙犁

三月二十五日　大风（一九九四年）

段华同志：

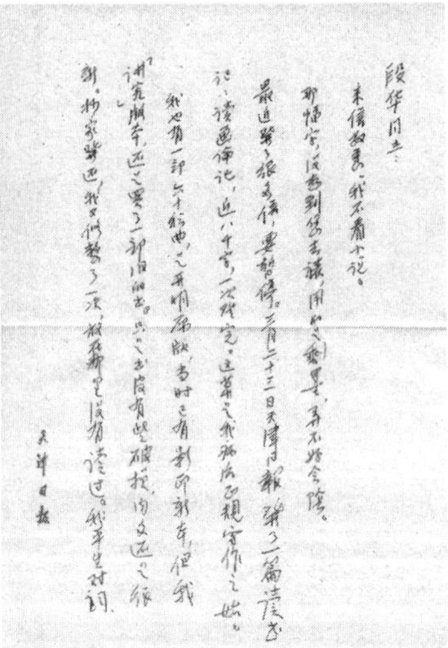
段华同志：
来信知悉。我不看小说，
[illegible]
最近写了很多信，要暂停。三月二十三日天津日报登了一篇读书
记：读画论记，近八千字，一次写完。这算是我病后正规写作之始。
我也有一部六十种曲，是开明原版，当时已有影印新本，但我
讲究版本，还是买了一部旧的书。[illegible]
[illegible]
天津日报

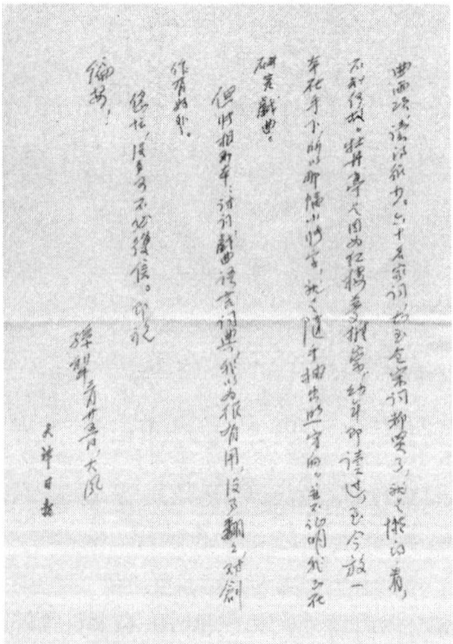
[illegible]
研究戏曲。
但张相那本，诗词曲语辞汇释，我以为很有用，没事翻翻，对创
作有好处。
您忙，没事不必复信。即祝
编安！
孙犁　三月廿五日，大风
天津日报

来信收到，相片照得很好，我已经不带病容。

写了画论，我原计划写文论和史论，一翻书，不好写，就停了下来。现仍在看书画方面的书。《佩文斋书画谱》，打开捆起，捆起又打开，已有好几次了。每次打开，总多少读一些，才知道这确是皇家编纂的一部内容丰富的大书，不可等闲视之。因

为很多书籍，仗它引述，现今才能见到。例如它引了沈括（《梦溪笔谈》作者）的一首图画歌，就非常有意思，证明沈括不只是科学家，还是艺术家。

《新民》登的《梅村家藏稿》，是一篇未完稿，原是想写吴伟业的，病前只写了一半，病后无力续之，就作为题跋发表了。现在已经有很多力不从心的现象。

再附小字幅一张，此曲系薛宝钗介绍给贾宝玉者，我写的容或有误，剧本是《醉打山门》。

弄好了，我想写一篇关于书法的读书记。

即祝

春安！

孙犁

四月八日（一九九四年）

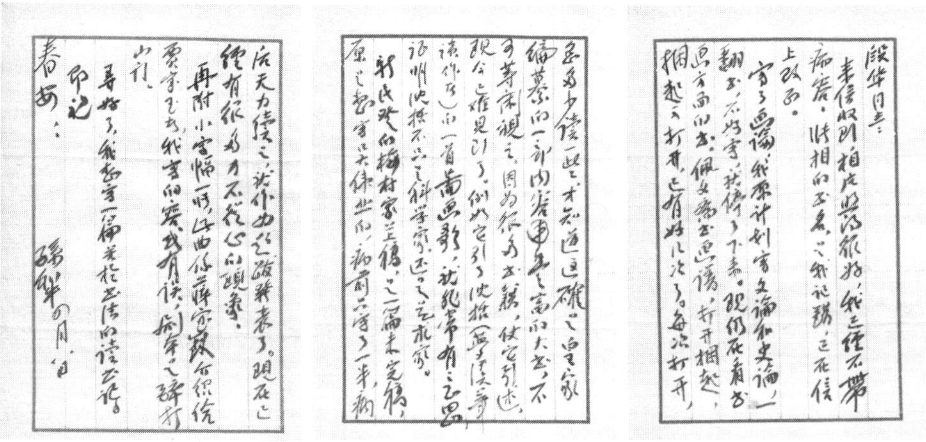

段华同志：

昨日寄上一信，想已收到，兹有一事拜托：武汉有一作家名周翼南，此人能画，我不知他的通信地址，请您在北京打听一下，《文艺报》可能知晓，然后将信及习字，一并挂号寄他。

麻烦您，即祝

近安！

孙犁

四月十日（一九九四年）

段华同志：

来信敬悉。谢谢！

我也正在读《画禅室随笔》和《艺舟双楫》，都是清刻本。我另有广益书局的排印本《艺舟双楫》和《广艺舟双楫》。读这种书，要配合字帖，才能读好，这就困难一些。对我们来说，也只是为了长点知识而已。

《孙可之（樵）集》，我未读过。唐人文集，也分等级，我们也只能读一些名家。独狐、皇甫，已是二流；孙之文集，得以流传，恐怕也是他的幸运。有些人的文集，可能就没得流传下来。

买书要有计划，不能滥收。因为它很笨重，要占地方，现在空间又小，以后搬动也难。

即祝

编安！

孙犁

四月十七日（一九九四年）

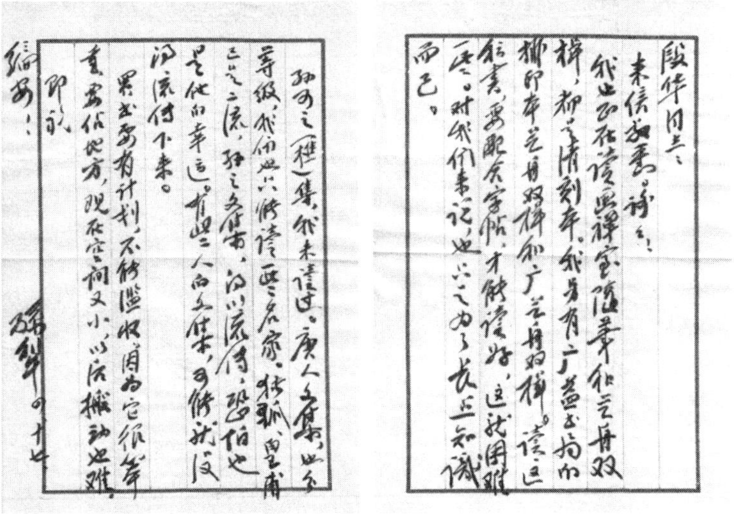
段华同志：
来信收到，谢谢！
我也正在读《画禅室随笔》和《艺舟双楫》，都是清刻本。我另有广益书局的排印本《艺舟双楫》和《广艺舟双楫》。读这种书，要配合字帖，才能读好，这就困难一些。对我们来说，也只是为了长点知识而已。
孙可之（樵）集，我未读过。唐人文集，也分等级，我们也只能读些名家，韩、柳、皇甫二三之流，孙之文集，所以流传，恐怕也是他的幸运。有些人的文集，可能就没有流传下来。
买书要有计划，不能滥收，因为它很笨重，占地方，现在空间又小，以后搬动也难。
即祝
编安！
孙犁 四月十七

段华同志：

我的二女儿孙小淼在北京德外后九条，北京煤炭设计研究院情报组工作，不知和平里到德外远不远，如方便，相片可送交她处。

请斟酌。

即祝

近安！

孙犁

五月七日（一九九四年）

段华同志：

刚刚收见您五月三十一日来信。

《法书要录》不是要紧用的书，不必急着找。什么时候遇见，记着买一册就是了。

四五月份，我是白白过去，什么也没做，书也没看，不知怎么回事。

下楼已有一月时间，但需扶着楼梯。去年住院，至今已有一周年，恢复至此，已算不易，别的也就不想它了。

丁福保印的、清何文焕编的《历代诗话》，过去医学书局出版。另有清人吴景旭著的《历代诗话》，则系他个人的著作，评论历代诗作品。后者解放后有排印本，原本系《嘉业堂丛书》之一。丁印何辑诗话二十余种，共二函。解放后有无重印，我记不清。此外即郭绍虞编的那一套。

我因为读诗少，故对诗话兴趣亦不大，除去《诗品二种》及王国维，就认真读过《苕溪渔隐丛话》。

笔记小说，洋洋大观，然真正有价值的，亦不太多。其中唐宋作品，佳者较多，元代亦较好，明清则太滥，读时要选择。过去，商务、中华等书局，出版这类作品，较有选择。

扫叶山房的石印书，已成古籍，有收藏价值。笔记小说，也印过不少，我之所有，多已送给艾文会，文会已作古，书之命运已不知。梁章钜的《浪迹丛谈》很好。其合集为《梁氏五种》。

至于《笔记小说大观》之类，可不买。近印的书，校对不善，尤其要慎购。

照片托人带，要包扎好，以免折损。信抄好后，要看一看。我近来常误记或误写，有错误即改正。

附抄书一纸。即祝

编安！

孙犁

六月三日（一九九四年）

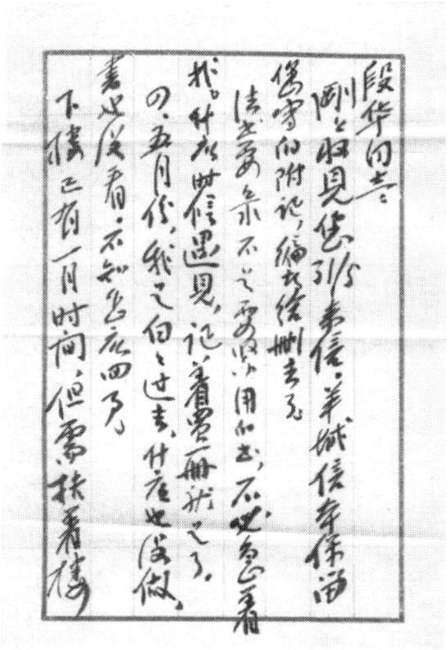

段华同志：
刚刚收见您3/5来信，并谢谢信中保留
您寄的附记，编者给删去了。
这些要条不足要，须以用的书，不必急于看
我。什么时候还见，记着曾寄一册给您了。
的，五月份，我已白白过去，什么也没做。
尽心尽看，不知怎么回了。
下学期已有一月时间，但需要抓紧看校

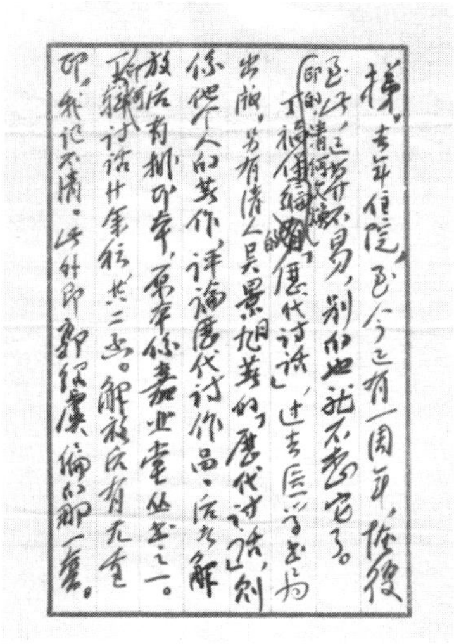

样。去年住院，至今已有一周年，体质恢复
已好了，已经不容易，别的也就不想它了。
丁福保编的《历代诗话》，过去只出了为（即创编清诗话续编）
出版。另有清人吴景旭著的《历代诗话》，这到
你似个人的著作，评论历代诗作品。您可以解
放后有排印本，原本系嘉业堂丛书之一。
丁仲祜编诗话什案杂话，共二集。解放后有无重
印，我记不清。所什印郭绍虞编的那一套。

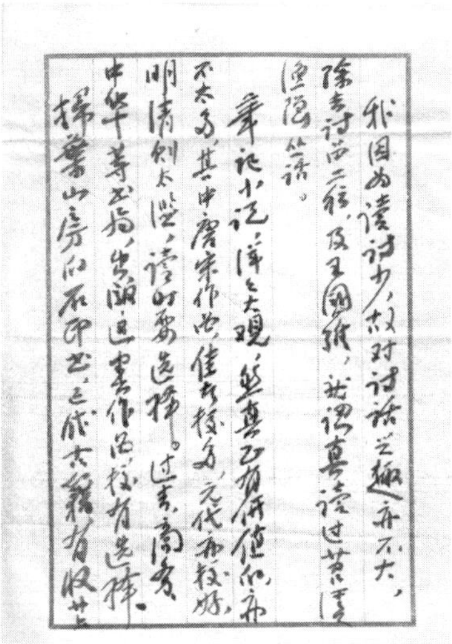

我因为读诗少，故对诗话之趣兴亦不大，
除去诗品二种，及王国维，都没有真读过黄漫
[illegible]谈诗。
笔记小说，洋洋大观，然真正有价值的亦
不太多。其中唐宋作品，性质较多，元代亦较好，
明清则太滥，读时要选择。过去商务
中华等书局，出版过书作品，较有选择。
扫叶山房的石印书，已成古籍，有收

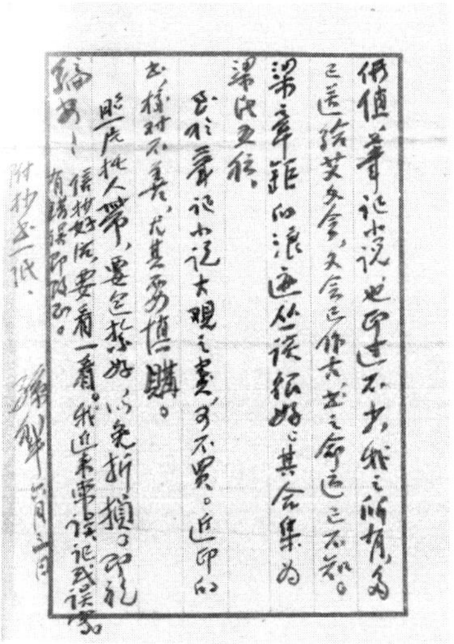

价值。笔记小说也印过不少，我之所有，多已
送给别人，又舍不得作古书之命运已不知。
弟手头的浪迹丛谈似也是其会集为
笔记五种。
至于笔记小说大观之类，可不买。近印的
书，校对不善，尤其要慎购。
照片批人第，要自己整好，以免折损了印记
输入
信校好后，要看一看。我近来常误记或误写
附抄书一纸。
蛰存 四月二日

段华同志：

今天上午，张学新送来照片，他要去一张（和你们合影）。

照片照得很好，请谢谢李惠均同志。我找出两个金丝楠木镜框，把两张放大的装入，陈列在书柜之上，大家都赞美不止。

上次去信，如来得及，请编入给读书周报的稿内，以便字数多一点。一共有几封？共计多少字？请来信告知。信中如有不妥当的话，请删去。

我一切如常，仍不想做事，近日整理一些旧画册，有顾恺之、石涛、新罗山人、仇实父等。主要是给这些画册包裹上新的书皮，然后再胡乱在上面写上一些字，当作消遣。

即祝

编安！

孙犁

六月九日（一九九四年）

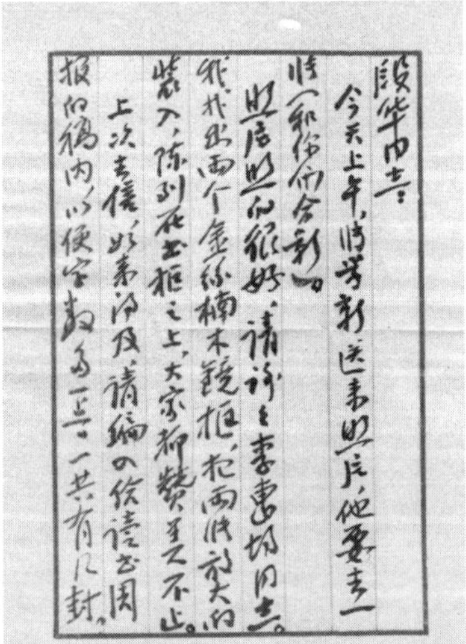
段华同志：今天上午，张学新送来照片，他要去一张（和你们合影）。照片照的很好，请谢谢李惠均同志。我找出两个金丝楠木镜框，把两张放大的装入，陈列在书柜之上，大家都赞美不止。上次去信，如来得及，请编入给读书周报的稿内，以便字数多一点。一共有几封，

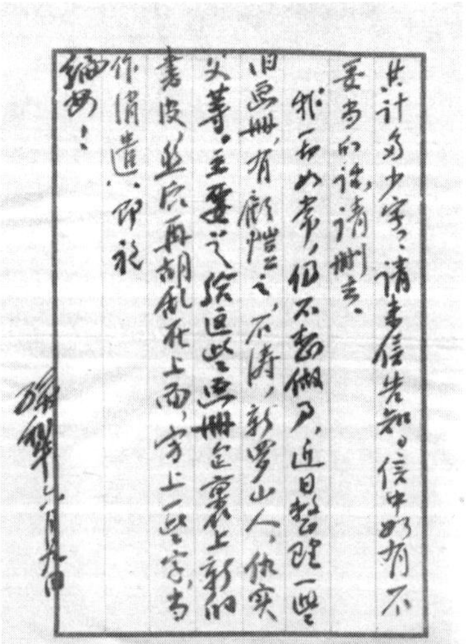
共计多少字？请来信告知。信中如有不妥当的话，请删去。我一切如常，仍不想做事，近日整理一些旧画册，有顾恺之、石涛、新罗山人、仇实父等。主要是给这些画册包裹上新的书皮，然后再胡乱在上面写上一些字，当作消遣。即祝编安！孙犁 六月九日

段华同志：

十月七日信，昨晚收到。

《读书周报》信件已登出，版式很好，您写的短文亦很好。还有上次《森林》上，您用笔名写的散文，也很好。

您近来所购书，其中有些我也有，然地方志书，我没有。不过，像《地舆广记》《元和郡县志》，甚至大部头的《方舆纪要》，我也购存，并读过。

地方志书，过去流于日本者甚多。据说日本人，持一手杖，用手杖一量，即论价，并不详细查看，因当时国内并不知道重视此类书籍。

但至今我仍不想购买，因其文字，以修志之人水平为准，名家不多。即是名家，地方取材，亦难得有重大事迹可写也。

有机会，还是出去多跑跑，这种收获，将一生受用，不要怕吃苦。

我一切如常，只是不愿读书，每天白白过去，亦无可如何。

《蓬窗类记》，记得在涵芬楼秘籍中，您买的是“日录”当非一个作者。即祝

近安！

孙犁

十月十日（一九九四年）

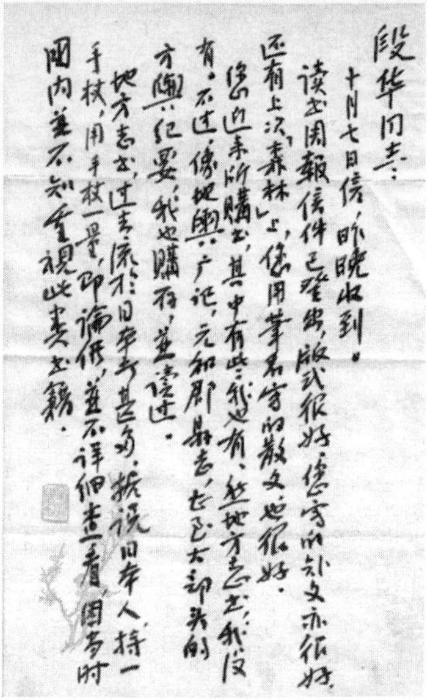

段华同志：

十月七日信，昨晚收到。

读书周报信件已登出，版式很好，您写的孙文亦很好，还有上次"森林"，您用笔名写的散文也很好。

您近来所购书，其中有些我也有，然地方志书我没有。不过，您地舆广记，元和郡县志，也已大部头的方舆纪要，我也购有，并读过。

地方志书，过去流于日本者甚多，据说日本人持一手杖，用手杖一量，即论价，并不详细查看，因当时国内并不知重视此类书籍。

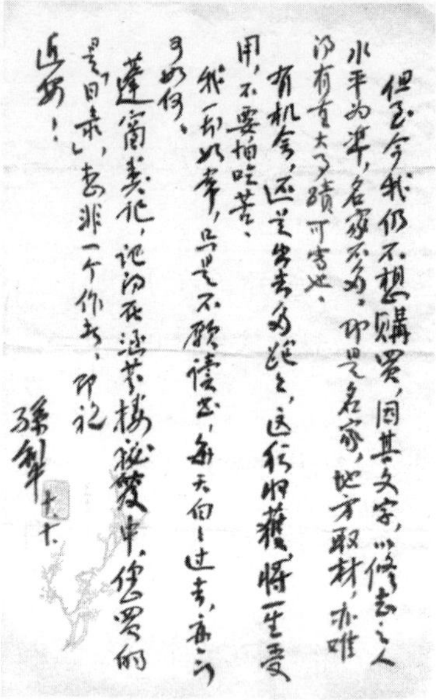

但至今我仍不想购买，因其文字，以修志之人水平为准，名家不多。即是名家，地方取材，亦难得有重大成绩可言也。

有机会，还是多去各地走走，这种收获将一生受用，不要怕吃苦。

我尚好，只是不能读书，每天白白过去，真无可如何。

蓬窗美化，记得在涵芬楼秘笈中，您买的是"目录"，并非一个作者。即祝

近安！

孙犁 十.十.

段华同志：

来信收悉。不知您腿伤痊愈否？甚念。您总有些“冒失”，今后似应留意。

近来愈是读不下书去，实际是玩书，糊书套也腻了，不愿干了。想编一个藏书目录，也畏难未动。我只有一个草目，记得很杂，也很简单，实在不行，就把它复制几份，分赠爱书的朋友。近日并把所藏木版书，抄在卡片上，慢慢注上册数、作者、出版地点及年月，这也很费时日，不知能完成否。主要是精力不行，睡眠不好，得不到恢复。

祝您

安心养病。新年快乐！

孙犁

一月二日（一九九五年）

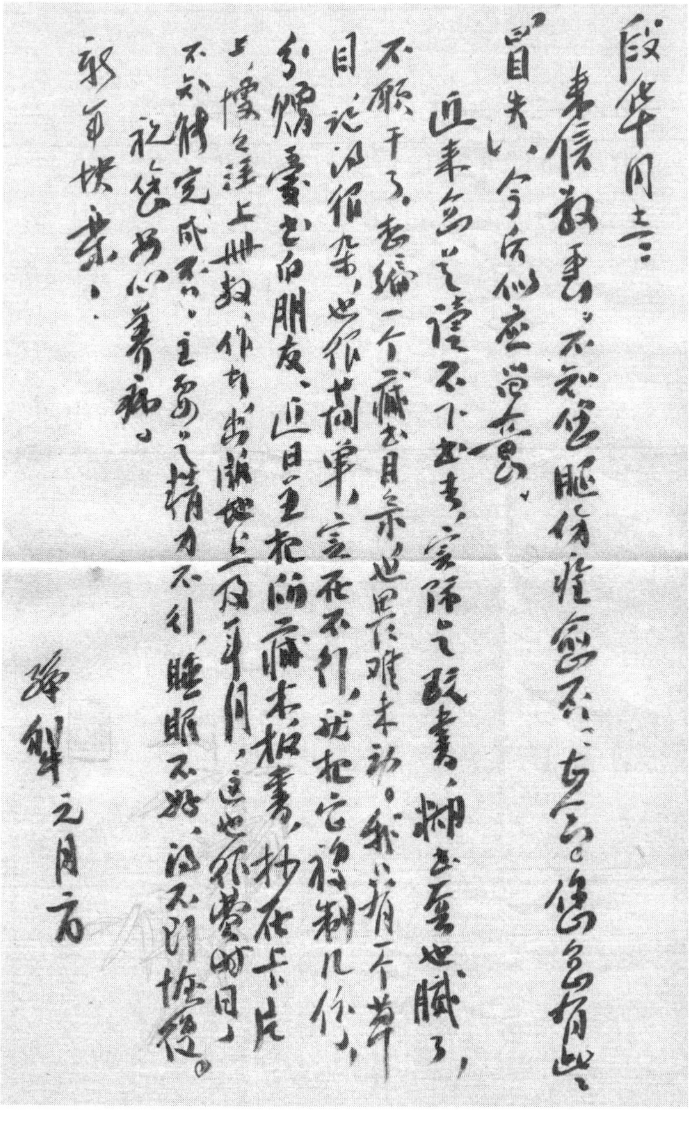

段华同志：

来信敬悉。不知您脑供血不足，是否经常有些冒失，今后似应当在意。

近来每每读不下书去，实际已厌读书，糊书套也腻了，不愿干了。想编一个藏书目录，也因为难未动。我只有一个本目，记得很杂，也很简单，它和不行，就把它转到几个分赠爱书的朋友。近日正把所藏本书书目，抄在卡片上，要注上册数、作者、出版处及年月，这也很费时日，不知能否完成否。主要是精力不行，睡眠不好，消不了烦躁。

祝您好好养病。

新年快乐！

孙犁 元月六

段华同志：

来信敬悉，首先向您祝贺新婚之喜，并寄赠字幅一方，敬希笑纳。

我在电话中说的那两本书，一是罗尔纲的《五年从师记》，据说与其他一本小书合印，好像是三联要出，可能还未出；一是张伯驹著《× 月楼联话》，书名记不清，是上海古籍印的，也不一定出了。均非紧要之书，碰见就买，碰不见就作罢，不必专门去找了。寄来的映山的书收到了，谢谢，映山也寄来一册，其中人名，有些记错，无关紧要。

您读了那么多书，实在令人羡慕并高兴。我则读书甚少，近日还是翻阅一些字帖，并看一些金石文字的书，根底甚浅，故心得亦不多。即祝

春安！

孙犁

四月九日（一九九五年）

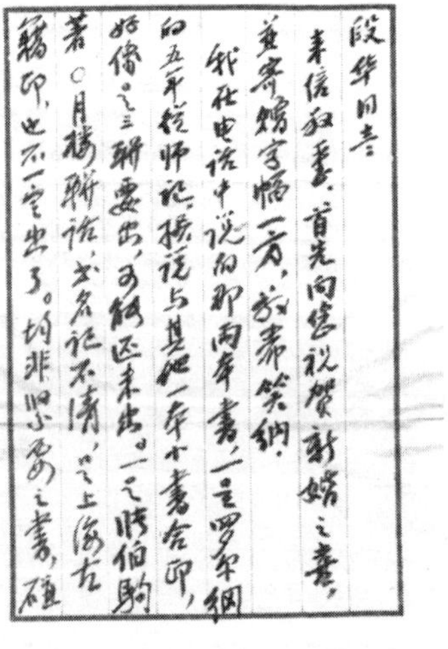

段华同志：

来信敬悉，首先向您祝贺新婚之喜，并寄赠字幅一方，敬希笑纳。

我在电话中说的那两本书，一是罗尔纲的五年从师记，据说与其他一本小书合印，好像是三联要出，可能还未出。一是张伯驹著○月楼联话，书名记不清，是上海古籍印，也不一定出了。均非紧要之书，碰

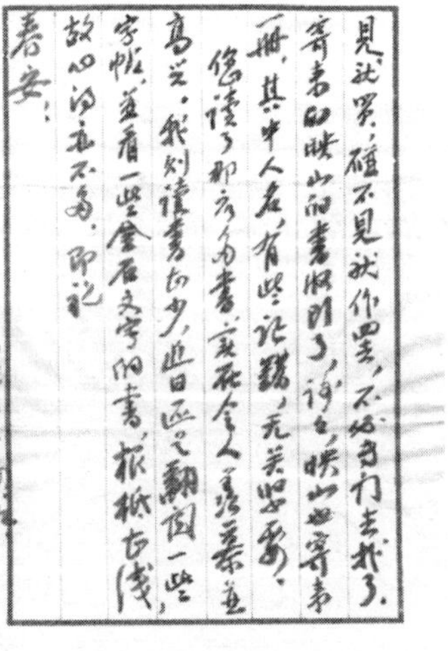

见就买，碰不见就作罢，不必专门去找了。寄来的映山的书收到了，谢谢，映山也寄来一册，其中人名，有些记错，无关紧要。

您读了那么多书，实在令人羡慕并高兴。我则读书甚少，近日还是翻阅一些字帖，并看一些金石文字的书，根底甚浅，故心得亦不多。即祝

春安！

孙犁 四月九日

段华同志：

昨天收到寄来的图册影印书，书印得很好，我很喜欢。上海古籍印的这套书，过去我不知道。这是七十年代末出版的，当时定价很便宜，但现在就一定很贵了，来信时，望告知售价。您给我买书，跑路就可以了，书款我一定自己付。

前来信问写字，这很简单，买一些字帖看看，现在出版很多书法大全之类的书，很好买。然后，找机会用毛笔写字，例如写信、记日记等等，写稿则不方便，还用钢笔。

即祝

近安！

孙犁

五月五日（一九九五年）

新发现的孙犁的信

——纪念孙犁先生逝世十周年

我打开一捆书，要把它们都放到书架上，忽然发现《方纪文集》的第二册和第三册中间有点异样，掀开一看，熟悉的信封，熟悉的字迹，我的心突突跳了起来——里面竟然夹着孙犁先生给我的三封信！

这捆书是在1998年以前捆上的，之后再没有打开过。孙犁先生给我的信，在他生前并没有发表几封，《孙犁全集》出版时，我才把当时能找到的他给我的信都收了进去，那时候这几册书已经被捆了起来。

我拿出其中的一封读后，感觉这封信没有被收在《孙犁全集》中。人民文学出版社出版《孙犁全集》时，我做编校工作，把当时能搜集到的孙犁先生的全部文字，都通读过几遍；虽非过目不忘，但他写给我的信，是几乎不会记错的。我马上查对《孙犁全集》，证实我的记忆没有错。

心中的高兴和激动，当然无法言状。

拿出的这封信装在《天津日报》信封里，孙犁先生把他的名字写在信封右下角。信封和内容都用毛笔书写，从字迹颜色深浅不一判断，孙犁先生是用自己研的墨书写的。信的交寄时间是1994年6月11日，北京投递时间是第二天下午。信共两页，写在竖八行的两页淡黄色宣纸上，无一处改动和墨点，可想见孙犁先生写这封信时凝神静气的神态来。

他在信中开头说，张学新送去我给他的照片，张还留下了我和孙犁先生的一张合照。孙犁先生让我谢谢李惠均。李惠均是当时我所在单位的专职摄影师，河北蠡县人。我在这年（1994年）春天回到天津看望孙犁先生，专门带上李惠均，请他给孙犁先生拍了不少照片。大病之后的孙犁先生，那天特别高兴，我让他怎么摆姿势，他都高兴地答应，并且笑着说："拍吧，拍吧，就你敢折腾我。"这次拍的一些照片，后来就被收入山东画报出版社出的《耕堂劫后十种》里，但不知为何都未署李惠均的名字。孙犁先生对这次的照片很满意，我放大几张托张学新带给他，他还挑出两张装在镜框里。有一次我去看他，还特意让他站在此照片前再拍一张照片。

1995年"五一"节期间，我再去看望他，李惠均又跟着拍照。那时，我带着新婚不久的妻子陈政政，专门拜望孙犁先生。先生没想到我带妻子去，高兴地对她说："小陈，段华结婚了我很高兴，你知道吗？因为这样他生活就安定了，也可以读点书了。我还给你们写了一幅字庆贺呢。"接着，孙犁先生从抽屉里拿出一封尚未寄出的信递给我。信写于4月9日，他写的条幅就装在此封信里，只是我不明白他为什么尚未寄出。这封信已经收在《孙犁全集》里，有兴趣的朋友可以找来看看。这次，我看过他十来天后，孙犁先生就因偶染风寒，停笔卧病在床，直至仙逝。

顺便说一句，在我这次去天津看他的前一天，北京的孙桂升、山东的自牧和周雁羽也拜望了孙犁先生。后来我的一个在天津的老朋友撰文说，自牧他们去先生家，是孙犁先生最后一次接待外地来的朋友，这当然是不对的。虽无关宏旨，但也不以讹传讹为好。

这封信里，孙犁先生要我和《文汇读书周报》联系，问问该报将要发表他给我的几封信，字数有多少，如有不妥的字、句，让我删去。在此之前，其实他已经托卫建民打听过了。我给该报抄去的几封信，后来发表时加上我的一篇短文，恰好占一整版。

在信的最后一段，孙犁先生告诉我说，他正在给一些画册包上书皮，并且在上面题写当时的感想。我以为，这几句话是一个线索，就是说，大病之后的孙犁先生又在准备着新的创作。果然，后来在《天津日报》上发表的《甲戌理书记》及续记、三记、四记，实际上是老人的收官之作。只是，我当时收到此信，怎么没有想到这些呢？

信的落款是6月9日（1994年），在此之前的6月3日，他刚给我写过一封信，回复我5月31日的信。按照当时京津之间通信的时间算，实际上是我给他写一封信，他立即就回一封的。

那时候我和老人之间的通信多么紧密呵，他在信中几乎都是和我谈写作、读书、做人的经验感受。只是那时候我年轻，很多时间在全国各地出差，给他写信的次数少。我那时多么不懂事，要是少出几次差，多和老人通信，不是又能多学不少知识吗？

现在明白这个道理，再写信却不知道给老人如何邮寄，寄到哪里……

如今，他已经去世整整十年了。在凌晨两点多钟，我写完这篇文章，双眼不知不觉间又溢满泪水……

辑 四

孙犁的老屋

1949年1月15日，天津解放，孙犁先生随同解放大军和方纪一同入城，在天津日报社工作，先是住在机关的一间小屋里，楼下就是机房，很是嘈杂。不久，孙犁先生把在战场中分离十几年的妻子儿女和母亲从河北老家接来了。当时天津日报社一位姓樊的经理管住房，给他在多伦道一个大杂院分了一所房子，才算在天津安下家来。

这个院子，是大军阀吴鼎昌姨太太的别墅，日本人住过，国民党住过，都没有多少损坏。初进院时，房屋庄严，院中清楚，小河石山，花木繁盛，很有一番气魄。孙犁先生白天上班，晚间归来，拾笔耕耘，一日一篇，或成两篇，后结为《津门小集》等。

在这所房子里，他写了《风云初记》《铁木前传》等优秀作品。1956年一个秋夜，他校正了即将付印的《铁木前传》的清样，已经睡下了，想起有一个地方还要改一下，赶紧披衣起床，脚尖刚刚着地，忽然一阵头晕，脑袋重重地磕在铁床边书桌上，失去了知觉。妻子和孩子闻声起床才把他扶起，报社同人把他送进医院。由于劳累过度，作家终于大病了一场，不得不搁笔疗养，直到1966年才算痊愈。1975年，他还在《铁木前传》封皮上写道："此四万五千字小书，余既以写至末章，得大病。"指的就是这件事。

"文化大革命"开始了，刚刚病愈不久的孙犁先生，全家被勒令搬出这所房子，几口人挤到佟楼一间屋子里,而作家本人，被迫带病住在"牛棚"里。在这期间，他的结发妻子，也于1970年含恨病逝。她淑静贤慧，尽管不识一字，却对孙犁先生的创作和生活有很大的帮助。孙犁先生曾怀着感激和无限怀念的深情，写了《亡人逸事》等文章纪念她，并说："青春远离，曾无怨言，携幼牵老，时值乱年。亲友无憾，邻闾无间。晚年相随，我性不柔。操持家务，一如初娶。知足乐命，安于淡素。"

1970年从牛棚中"解放"出来的孙犁先生，回到家里，两年后，带全家搬回原处住时，大院已凌乱不堪，嘈杂异常。1976年，又遇大地震。那是个黑夜，外面风雨呼啸，老家又来了人，他休息得晚一些。凌晨三时多，他正看怀表，忽然大地就震动了起来，他赶快起床钻到了写字台下。等不震了，他才出门，是全大院最后一个出来的。房檐塌了一块，如果他当时往外跑，一定被砸在下面，好险哪。后来，作家曾以此为题材写了芸斋小说——《地震》。

这时，不仅大杂院旧貌不复，假山被毁，砾块遍地，连这所房子也已破败不堪了，顶上杂草丛生，绿苔遍长。他在给韩映山的一封信里说："我的房昨天下午，顶棚塌下一块，夜间大雨，我通宵未眠，总结这两年修房经验为不漏不修，不修不漏，越漏越修，越修越漏。每日来四五人修房，招待烟茶糖果、西瓜，上房一小时，陪坐二小时，上下午都是如此，实是苦事。"作家在几年后就写了《修房》记述此事。

我最初去看他的时候，住在大杂院里的，有三十几户，一百多人。其大其杂和没有秩序，是可以想象的。所以，当有人说孙犁住房是卢梭的退隐庐时，他回信说："哪里谈得上卢梭的'退隐庐'，连想也没想过。我只是需要一个安静的地方。而安静二字，现在是越来越难说了。"市里对他的住房，也不是不关心，几次劝他搬到单元房，但他没有去。"单元房上下干扰得厉害，我现在住的是平房，虽然老旧，四周嘈杂，上下还是可以放心的。当然还有雨漏之灾、狐鼠之患。"当初同住一院的人，除孙犁先生外，现在都搬走了，院子的外观和内观都有很大的变化，"唯独我这里，抱残守缺，不改旧观。不过人老了，屋子也老了"。

孙犁先生把自己的名字叫作"犁"，他像一个农夫一样勤勤恳恳地耕耘在大地上，六十余年的文学创作，对中国现当代文学产生了重大影响。他又把自己住的老屋，叫作芸斋、善暗室、老荒书屋、耕堂、秀露书屋、幻华室、澹定室等，并请韩映山的儿子韩大星篆刻了几枚印章（在这所房子里，他创作了很多优秀作品，度过了自己的中老年）。我曾经有幸多次怀着崇敬的心情，拜临过耕堂，聆听芸斋主人的教诲。房子的前面为一株雌性白腊树，有碗口粗，是20世纪50年代搞街道绿化时种植的，每值晚秋，果实如豆黄，其叶飘落。清扫落叶，是他每天早晨都做的事，积近40个寒暑不辍。

房子坐落在一米高的露台上，屋前是他多年来精心培植的一些花。沿台阶登上露台，走进他那书屋兼会客室的房间，迎面是一张会客的方桌，旁边是两把藤椅。临窗是一个极为普通的写字台，旁边是一木椅，放一个书架，码放着近期的书刊，这就是孙犁先生写作的地方。会客的方桌后面，横摆一列小型书橱，贯穿全室，构成一个奇特的“屏风”，将房间分为里外两部。“屏风”后面，还是摆着书橱。靠西面的墙摆着一对老式沙发，这是供客人坐的地方。这位颇负盛名的作家，墙上无什么名人字画，只有他自己写的欧体书法字幅。定居繁华的天津近五十个春秋，室内陈设仍极为简单，没有多大变化，一无电扇，二无电视，至于冰箱、洗衣机之类，更不待言，甚至连一架像样的收音机也没有。看来，除去大量的书画之外，他几乎是别无他有了；如果说还有，那就是对艺术毕生不息、真诚追求的一颗心。

在这间老屋里，孙犁先生在诸事繁忙之中，没有忘记发现和培养文学新人，如刘绍棠、从维熙、韩映山、房树民、苑纪久、冉淮舟、铁凝、贾平凹、佳峻……一大串闪光的名字，他同他们通信，交谈艺术问题，使他们在崭露头角时就能得到长足的进步。他为中国文学事业的繁荣洒下辛勤的汗水。

在这间老屋里，编辑收稿，记者采访，作协、报社商谈工作，读者来访……那真是日日宾客盈门。有时，一个下午就接待六批客人。每天还要处理大批来往信稿，这使得孙犁先生不得不将许多信交给跟随他多年的邹明处理，并在自己会客桌的玻璃板下，压上一张纸条："本人年老体弱，精力不支，来访客人请自动控制时间。"当我看到这张纸条时，视线在这里停留了很久，很久，不知道为什么，鼻子一酸差点掉下泪来。

在这间老屋里，老人创作了大量作品，"这些作品以其独到的风格，不仅在国内外读者中享有盛誉，而且不少后学新秀，争相效法。除创作外，他还撰写了许多理论著作"（《孙犁研究专集》）。国外有人说："在当代的中国文学史上，孙犁是具有相当艺术水平的作家。"不管经过多少风雨，多少关山，这些作品，以原有的姿容，以完整的队列，顺利地通过了几十年历史的严峻检阅。

"我在云游中度过了前半生。"老人多次强调"安详"二字，虽然1988年他搬进新居以后，能少受外界的干扰，宁静地生活，但是毋庸讳言，老人对住过几十年的老屋还是有感情的，他写了《住房的故事》和《老屋》两篇散文，来表达自己的这种深情。他在这间老屋里度过了中老年时期，老人感慨系之万端：他几十年的人世沧桑，高低沉浮，悲欢离合，老屋也该是一个见证者吧。

孙犁先生在老屋

前一阵子，我曾经专门回这个地方，想再看看孙犁先生住过的老屋，借以回忆他的点点滴滴，不料这里进行了房地产开发，找不到旧貌的哪怕一点点影子了。我在那附近徘徊了半天，忧郁地想：世事沧桑，旧景不再，再过多少年，还有多少人知道一个叫孙犁的老人在这里度过了他简单而不平凡的大半个人生呢？

孙犁作品里的人物原型

抗日战争时期和解放战争时期，解放区的作家和国统区的作家，最大的区别在于作品的真实性不同。我所说的真实性，当然并不是历史真实，而是说解放区的作家无论写散文还是小说或其他体裁，大多有历史的事件来源作依据，再加上艺术性的加工、剪裁；而国统区的作家在这方面就少一些历史事件来源——这并不是说作品艺术水准的高下之分，而是说明双方所处的抗战地域不同，获得的创作信息不同，所写出的作品自然差别很大。

以孙犁先生的作品为例，就能很好地说明这个问题。在新中国成立之前，他一直生活在抗日根据地，那里的人民是如何抗击日本鬼子的，自然会给他留下很深的印象。发生的无数可歌可泣的人物与事件，传到他耳朵里，不能不反映到他的作品里。1963年9月，孙犁先生在《为外文版〈风云初记〉写的序言》里所描述的景象，就是抗日战争时期中华民族的觉醒和奋起："就是在最困难的时候，在最危险的时候，他们也没有低下头来。他们是充满胜利的信心的。”他进一步说，“所有这一切，都深刻地留在我的印象里，和我的思想、情感融合起来，成为一体。”

因此，孙犁先生明确地说：“大家开卷可以看到，小说的前二十章的情节可以说是自然形成的，它们完全是生活的再现，是关于那一时期我的家乡的人民的生活和情绪的真实记录。我没有做任何夸张，它很少虚构的成分，生活的印象、主流、组织，构成了小说的情节。”（《孙犁文集》第七卷，百花文艺出版社1982年3月版）这就清楚地表明，孙犁先生在写长篇小说《风云初记》时，里面的故事和人物很多都是真实的，子午镇就是现实中的子文镇——安平县地名办公室编辑的《安平县地名资料汇编》中有对它的介绍：“明初此村是一集镇，赶集时间从子时赶到午时，故名子午镇。后根据午字的谐音叫成子文镇，因发展快，村大人多，于公元1908年改名为大子文。”孙犁先生的老家东辽城村距此地半公里。小说中的五龙堂村，其实就是距离东辽城村1.5公里左右的南、北郝村，抗日战争期间孙犁先生多次在此村住过，编辑《冀中一日》时更是在这儿工作了很长时间。《安平县地名资料汇编》中记载：“在明永乐二年（公元1404年），葛、王、张三个氏族，奉召从山西洪洞县迁来直隶此地占产立庄。土著人也有姓郝的。随冠以姓氏取名郝村。当时该村有座五龙堂庙，是古时安平县八景之一。后因洪水泛滥淹没此庙，中间成了河沟，该村居河沟北岸，故称北郝村至今。”在他的作品中，可以看到八路军将领孟庆山将军的身影，吕正操将军也出现在作品中，张教官几乎是孙犁先生自己的写照，变吉哥是他认识的一个村的文建会负责人，芒种也是他的一个亲戚的姓名。以其中的女县长李佩钟为例，所写的就是著名诗人远千里的夫人李穆玲的命运。李穆玲又名李敬钟，河北省博野县庄窝头村人，1940年参加冀中新世纪剧社任演员，后任任丘县妇救会主任，1944年冬季牺牲（《晋察冀文艺界英烈小传》中说是在解放战争中牺牲，实为错误。见该书第29页，晋察冀文艺研究会编，1995年10月版）。

梁斌对此事也有过较详细的描述："后来才知道，就在这天的晚上，千里的爱人穆玲正在任丘县的一个区里当妇救会主任，晚上由这村转向那村时，中途掉在井里。井中水浅，没有淹死。虽然连声叫喊，但天黑风大，四野无人。天冷水凉，怎样忍受，是难以想象的。"（梁斌：《一个小说家的自述》，中国青年出版社1991年6月版，第331页）。孙犁先生就把李佩钟（李敬钟）的牺牲，描写得几乎一样。他自己也说，远千里夫人李敬钟（穆玲）的牺牲，就在长篇小说《风云初记》中"作为一个人物的归结"（《远的怀念》，《孙犁文集》第四卷，百花文艺出版社1982年2月版，第296页）。

据从晋察冀边区走出来的戏剧家张学新先生告诉我，长篇小说《风云初记》第一集（指前三十回）出版以后，孙犁先生送给他在冀中时期的战友王林一册，扉页上题字就称"王林同志索隐"。1990年的一天，我曾经当面问过孙犁先生，《风云初记》里的人物和事件的真实性如何，他说其中的很多故事都是真实的，有很多他也经历过，只是很多人物的姓名作了改动，故事情节却是实实在在存在的。向我简单介绍情况后，孙犁先生就说：

“你还年轻，不太了解，他们都知道。”“他们”，我知道是指王林（当时已去世）、梁斌、路一、杨循等人。

孙犁先生自己也说过，他的作品大都是根据真人真事写的。下面可以再举几个例子，以说明真人真事与艺术创作的关系，以供有兴趣的同志研究孙犁作品时参考。

其一，短篇小说《第一个洞》《“藏”》的故事来源。1938年底，日本鬼子占领冀中的所有县城，对敌斗争十分艰苦，平原上无险可依，很多人为此献出了自己的生命。后来，七分区蠡县的群众开始挖地道，可是，让地委书记吴立人知道了，说是“退却路线”，报告了区党委，区党委组织部长刘亚球来调查，后来把县委书记王夫也撤了。直到1941年，冀中军区政委程子华来这里调研，才肯定了这种斗争形势。在冀中军区司令员吕正操、冀中区党委书记黄敬的支持下，1942年3月20日，冀中军区司令部、冀中武委会发出《关于开展地道斗争的指示信》，地道战这种形式才在冀中蓬勃发展起来。

地道最早从蠡县开始发展。1938年11月，日本鬼子占领了蠡县，捕杀我抗日军民，很多干部、群众被敌人杀害。蠡县一区的一些村级党员干部，这时想出一个办法，就是在村外的树林里、荒僻的旷野或林木丛生的古墓地——总之，是在离公路较远，不易被敌人发现的地方，向地下挖一丈多深斜形的洞，里边铺些干草，到天晚的时候便披上一件破大衣，偷偷到洞里睡觉，天亮时再回村坚持工作。但因为那时候还是冰天雪地的时节，每到洞里住宿一夜，第二天清早，洞口便向外喷出水蒸气，被敌特发现以后，敌人常在拂晓的时候，到村外找洞掏我们的干部或工作人员。这样一来，野外的洞不能住了，在环境日渐残酷，抗日工作又必须坚持的情况下，地洞便开始从野外转移到村里。

一区某村的一个干部，全家和和睦睦，对抗战工作都很热心。1939年春夏之交，他似乎夜间开会很多，常常整夜不回家，天亮时才回来。以前即便开会，到半夜或天要亮时，总是回家的。家里人有些怀疑，尤其是他妻子，以为他在外边有了情人，问他为什么老在外边住，他总是用“开会”来搪塞。由于这时敌特活动厉害，该村干部不敢在家住宿的次数自然多起来，家里人不了解详情，所以常常为这件事争吵，弄得一家人也不像以前那么和睦了。一天晚上，他又要出去，妻子悄悄地跟在后面，看他到后边的一个闲院里，向四面张望了一下之后，便偷偷地钻进草棚子，于是她也轻轻地疾走过去，靠近草棚子凝神地听着，只听到棚子里吱里哗啦的柴草响，过了一会儿，便寂然无声了。她偷偷地开了草棚门去看，里面黑洞洞的什么也看不清，燃起火柴一照，里面杂乱的农具和柴草等物品还是照常放着，却找不到她的丈夫。她喊了几声，也无人应答。妻子慌了，回去喊婆婆和小姑子来，大家惊奇地来到草棚，燃起灯来，又连喊多声，既不见人，也无人应答。姑嫂二人用木棍再三地翻腾，穿插柴草，搬动农具杂物，仍是找不到。最后，还是母亲安慰儿媳妇说：“咱们今天不找他了，明天他总要出来的。我们把柴草的门锁死，天明前来等他，不说明怎么一回事不让他出来，不让他吃饭。”第二天，天将发白，妻子和婆母、小姑子一同到草棚子门前守候着，时间不长，棚子里柴草又响，随之该同志走到门前一拉门，发现门锁着，大吃一惊。这时他母亲嗔怒道：“你秃小子到哪里过夜了？不说不放你出来，饭也不能吃……”该同志支支吾吾地答道：“我就在草堆里睡着了。”他妻子、母亲、妹妹哪里会信，又经过再三追问，他才说明在草棚地下有一个他个人藏身的秘密洞。从此，在村里挖洞藏身一传十、十传百的秘密传播出去，普及到蠡县各个区、村。以后冀中区大力发展地道，成了神出鬼没打击日本鬼子，名声显赫的地道战。

孙犁先生根据此故事，于1943年5月，写了短篇小说《第一个洞》，发表在1943年5月19日的《晋察冀日报》上。这是最早以文学的形式写冀中地道战的作品，甚至在此之前，也只有新华社《地道战在冀中》等三四篇通讯发表。现在，抗战时期的冀中地道战，因各种文艺形式的表现和传播，已经为广大国人所知，但在当时那种复杂的抗战形势里，孙犁先生却最早利用文学的形式表现冀中的地道战，可见他有敏锐的艺术感觉，以及独特的观察和取舍能力。

1946年5月，孙犁先生在河间工作，编辑《平原杂志》，并且在八中教着语文写作课；与此同时，写了短篇小说《钟》和《藏洞》。5月29日，他托张庚带原稿给正在张家口编《工人报》的康濯，看康濯能否在张家口找到发表的地方，还给康濯写了一封信，专门要他问候丁克辛。1946年，丁克辛正处在一个特殊的时期：他在晋察冀也是著名的作家，到张家口后不久因在《时代妇女》创刊号上发表短篇小说《春夜》而饱受公开的批评，因此建国前再没有作品发表。此事我已经在写丁克辛的文章里详细叙述过了，此不赘言。建国后，丁克辛转到铁路部门工作，还有零星的作品发表，晚年定居在天津，与孙犁先生还有来往。我的藏书里，就有孙犁先生赠给丁克辛的两本书：《晚华集》与《秀露集》，可见两人感情之深。张庚当时是张家口华北联合大学文艺学院的主要负责人，编辑有《秧歌剧选集》三册，于1946年6月由新华书店晋察冀分店印行，1947年东北书店重新印行一次，寒舍有藏。这年张庚到冀中区考察，孙犁先生就托他给康濯带信和稿件。康濯可能没有给《藏洞》和《钟》找到发表的地方。1946年10月，孙犁先生把《藏洞》重新修改了一次，1949年4月24日，在致康濯、厂民（即诗人严辰）的同一封信中，他还向康濯索要过《藏洞》原稿。1950年3月21日下午，孙犁先生在致康濯的信中，已经把《藏洞》改称为《"藏"》。此后，再没有见到他在文章中提到这篇小说。1949年6月，上海群益出版社将孙犁先生的短篇小说集《芦花荡》纳入"群益文艺丛书"出版，里面第一次收录了《"藏"》，可见他又把这篇小说寄给了正在上海的周而复，使它得以和世人见面。也就是说，《藏洞》在此时被改称为《"藏"》，孙犁先生还在给康濯的信中说感觉此作品也不错。事实上，这篇作品确实不错。1958年4月，康濯为孙犁先生编选的散文小说集《白洋淀纪事》，由中国青年出版社将其纳入"播种文艺丛书"中出版，其中也收了《"藏"》这篇小说，使更多的读者知道了这篇作品。集子里却没有收录《第一个洞》。我收藏的这个版本的《白洋淀纪事》，是著名电影导演、孙犁先生的战友凌子风用过的，里面很多作品都有凌先生阅读时勾画的线，因为他一直想把孙犁先生写的有关白洋淀的作品拍成电影，当初茅盾先生同意了，而周扬却不同意，说其中的想象成分多，让拍孔厥、袁静写的《新儿女英雄传》，因为这个作品当时紧贴政治，正红得发紫，连郭沫若也作序称赞。

孙犁先生在给康濯的信中说,不拍他的作品，“其中好像涉及到《新儿女英雄传》，但我想，好在那一本书里，也有《荷花淀》。然而，我不同意周扬同志的批语，以为我写的只是印象，而且是想象的印象有‘许多’。老实讲，关于白洋淀人民的现实生活，凭别人怎样不是想象的吧，我以为它不能超过《荷花淀》的了，这点我是自信的”。1981年4月9日，孙犁先生在《我写过的电影脚本》里还写到，周扬否定了茅盾要拍孙犁作品的意见，说他对孙犁的作品印象是想象的成分多，要拍“别一部作品”。孙犁先生谈到这个作品时说：“也是写白洋淀的当时颇流行。我翻看了一下，其中实录部分固然不少，却发见我的一篇作品，也被改头换面，采录在内。这是有书可查、有目共睹的事，绝不是出于我的‘想象’。”

历史已经证明，经过60年的岁月洗礼，孙犁先生的《荷花淀》仍在中国文学史上绽放着熠熠光辉，成了中华民族文学画廊里的一张奇画。

孙犁先生的作品留给周扬想象成分多的印象，是因为他受到“客里空”错误批判的缘故。“客里空”，是苏联著名话剧《前线》中的一个专门吹牛拍马、胡编乱造的新闻记者的名字，该剧曾在延安与各抗日根据地演出，“客里空”成为虚假新闻的代名词。1948年1月24日，《晋察冀日报》刊登了周扬的文章《反对“客里空”作风，建立革命的实事求是的新闻作风》。1945年8月，日本鬼子投降以后，孙犁先生参加了以艾青为团长的华北文艺工作团，经过三个月的艰苦跋涉，于11月8日到达晋察冀解放区首府张家口。文艺家们在这里受到了热烈的欢迎。不久后，孙犁先生告别此地舒适的生活条件和亲密的战友，步行15日，回到了家乡冀中区体验生活，准备创作。当时的《冀中导报》发表了一条小消息，说这个在延安《解放日报》上发表《荷花淀》引起轰动，文章又被《晋察冀日报》转载的著名作家孙犁回来了，引起本地个别人的嫉妒，说这条消息称孙犁为"著名作家"是"骇人听闻的事情"。1992年3月24日，孙犁先生在《我的仗义》里就说："现在，我可以说，当时有些本地人是排外的。"其实，孙犁先生就是本地人，因为长期在晋察冀山地和延安战斗、生活、工作，回到家乡也被排挤。1947年春天，孙犁先生又到白洋淀采风，写了《一别十年同口镇》《新安游记》等散文、小说。他事前没向当地的宣传部门打招呼，住到了安新县端村镇冀中隆昌商店，因为曾在新世纪剧社工作过的老朋友刘纪在那里当经理，这引起了当地有关部门某干部的不满。在《一别十年同口镇》的末尾，孙犁先生写了老朋友陈乔的家庭情况，说他的老朋友尽管来自地主家庭，但现在是自食其力了（这在当时也是符合政策的）；在《新安游记》里，他把一个街道的方向写错了——因为是小说，写错了又有什么呢？其实，就是写散文，把一个街道的方向写错了能有什么呢？但在不久后开始的土地改革中，孙犁先生就开始受到批评，由那位当地的宣传干部亲自出马，写了《孙犁同志在写作上犯"客里空"错误的具体事实》，发表在1948年1月10日《冀中导报》上，占了一个整版，把这两件事情上纲上线，差点置孙犁先生于死地，使他受到很大的伤害。我在其他的文章里已经写过他受伤害的情况，此处就不多说了。

孙犁先生对这次批评虽心有余悸，但内心是不服的。真是冤家路窄，新中国成立后，他到天津市南郊区（现在的津南区）白塘口一带采访，又在这里遇见那位写整版大批判文章的干部。那干部在此搞“运动”，是工作组的成员，他特别注意孙犁先生的采访，好像要看看，经过他的批判，孙犁先生在工作上有没有进步。有一次，孙犁先生到食堂喝水，正和人们闲聊，那干部严肃地对他说：

“到北屋去，那里正在汇报！”

孙犁先生认为仅仅听汇报写不出好文章，多了解实际情况，才能写出不是“客里空”的文章来，就没搭理那位干部，转身走开了。“文化大革命”期间，未料那位干部和孙犁同住一间牛棚，一同推粪拉土，遭受斥责辱骂，共尝一勺烩的滋味，不知道他是否还认为孙犁的作品是“客里空”的典型。

我在这里多写一下有关情况，有利于廓清，为什么建国初期孙犁先生的作品并不那么受重视，以及为什么直到晚年，他也不愿意参与将他的作品改编为电影、电视剧，他甚至于不愿意电视再拍他，是有客观历史原因的。

回过头来再说故事来源，短篇小说《“藏”》也是根据上述蠡县地道故事写成的。它与《第一个洞》这两篇小说，从不同的侧面叙述了这个真实的抗战故事。

此事可以参阅程子华《地道战是人民创造的》（《程子华回忆录》，解放军出版社1987年12月版，第213页），王夫《冀中地洞的发祥地》（《冀中的地洞和堡垒户》，中国社会科学出版社1997年3月版，第6—7页）及《蠡县地道斗争》（《冀中地道战》，中共党史出版社1995年12月版，第273—287页），冀中军区司令部等《关于开展地道斗争的指示信》（《冀中地道战》第11—33页），吕正操《地雷战和地道战》（《吕正操回忆录》，解放军出版社1988年3月版，第286—287页），梁斌《烈火青春》（《一个小说家的自述》，中国青年出版社1991年6月版，第251—252页）。此其一。

其二，《荷花淀》《采蒲台》与雁翎队的故事。雁翎队是抗战期间安新三小队的俗称。1938年初，白洋淀所在地中共河北省安新县委战地动员委员会主任熊焕章（安新城里人，兼任新安锄奸团团长）和三区区长李刚毅（又名李仁，安新郭里口人），在大张庄将自愿入伍打日本鬼子的20名青壮年组成了白洋淀水上游击队。队长陈文汉（又名陈万，郭里口人），队员多是打野鸭的猎户，全队装备是打野鸭的大抬杆火枪40支，小排子船（平底、直帮、吃水很浅，架抬杆的小船）22支，手枪两支。后来以这支水上游击队为基础组建了三区区小队。1939年的一天，安新县委书记侯卓夫（高阳县人，1942年9月26日牺牲在安新尚村）和三区区委书记徐建来区小队，看到每支大抬杆枪的信口上都插着雁翎，既可以防止露水打湿火药，又可以在发射后用以捅开信口用，就高兴地对大家说："咱们这个小队，就叫雁翎队好不好？"指战员们齐声喊："好！"从此，雁翎队的名字就叫了起来。

1941年，日本鬼子对白洋淀地区连续进行扫荡。有一天，日本鬼子20多人和30多个伪军，从安新县城到赵北口运东西，下午三点多返回。雁翎队得到此消息，就埋伏在大张庄村东、王家寨村西的大苇塘，等待敌人。太阳西斜，敌人来了，雁翎队迅速出击，消灭了这股敌人。附近据点里的敌人纷纷赶来，包围了这片苇塘，满以为能把雁翎队消灭，却没料到连个人影也没见。其实游击健儿们就在敌人的眼皮底下头顶大荷叶，泅水冲出敌人的包围圈，回到王家寨了。

1978年11月5日，孙犁先生在《关于〈荷花淀〉的写作》中说："从冀中平原来的同志，曾向我讲了两个战斗故事，一个是关于地道的，一个是关于水淀的。前者，我写成《第一个洞》；后者就是《荷花淀》。"（《孙犁文集》第六卷，百花文艺出版社1982年3月版，第613页）

此故事可参看赵波《巧劫包运船》（《雁翎队的战斗生活》，《星火燎原》第十辑，解放军出版社1989年11月版，第128—132页），安新县地方志办公室《水上"雁翎队"》（《白洋淀志》，中国书店1996年2月版，第278页）。徐健及雁翎队的老队员刘刚、孙革、郑少臣、槐泽民、赵波等都有回忆文章，在《保定文史资料》《天津文史资料》等上面发表。

其三，老船工与《芦花荡》。抗战时期，一位正在乘船打鱼的老大爷，在一个夏日炎炎的正午，遇见正在洗澡的五个日本鬼子，他就一边剥着清香的莲蓬，一边把他们引到了布满鱼钩子的水域。忽然，一个个日本兵杀猪般地号叫起来，原来他们被鱼钩子钩住了。老大爷笑眯眯地举起竹篙，狠狠地砸着敌人的脑袋，砸一下骂一声，很快就把那几个家伙消灭了。

此事见杨成武《初到白洋淀》（《反攻进行曲》，华岳文艺出版社1990年6月版，第30页），沈冶英、黄义国《战斗在白洋淀上》（《星火燎原》第十辑，解放军出版社1989年11月版，第143—144页）。

其四，同口的姑娘与《白洋淀边一次小斗争》。同口是白洋淀边的大镇，每年秋后，几万顷的芦苇收割完捆成捆，用船运到这里垛起来，一部分运到外地，一部分慢慢织成席子。有一回，三个日本鬼子为追老百姓一只鸡，一直追到这里，鸡猛地飞到一个草垛顶上，一个日本兵上去没抓住鸡，倒发现那里藏着一个年轻漂亮的姑娘，高兴极了，连忙扑过去，不料被那姑娘用力一推，从那苇垛顶上仰面朝天跌了下来。下面的日本兵刚刚围拢过去，就从苇垛顶上落下一颗手榴弹，把三个日本鬼子炸上了西天。街上的日军闻讯赶来，架起机枪朝苇垛猛扫，扫得苇垛着了大火，但那姑娘早就跑到淀里去了。

此事见《杨成武回忆录》（解放军出版社1987年6月版，第770页）。孙犁先生据此写成散文《白洋淀边一次小斗争》，发表于1945年6月2日的重庆《新华日报》上，解放后曾被选入中学语文课本。

其五，安新锄奸团与《新安游记》。上文已经说过，孙犁写《新安游记》，受到猛烈的错误批判。日本鬼子侵占安新后，安新组建了锄奸团，专门打击汉奸，其中著名的人物有熊管、杜朋、曹连升、田章等人。此时，熊万东当了维持会长、县商会会长、新民会会长、"剿匪"司令，死心塌地地为日本鬼子卖命，杀害抗日军民。一天，安新县委书记侯卓夫要锄奸团除掉熊万东，任务就落到了熊管、杜朋和曹连升身上。熊管是孙犁先生写到的“熊氏三杰”之一，其大哥熊生，当过冀中行署主任罗玉川的警卫员，后被日本鬼子逮捕押到日本当劳工，抗战胜利后才回国。熊管的弟弟熊老黑也参加了八路军。熊管在家排行老二，原名熊得胜，1.77米高，解放后一直在家种地当农民，1985年去世。杜朋当时三十来岁，住安新县城南街。他十来岁到北京天桥学艺，三丈高的房子一个筋斗就能翻下来。有一次，端敌人的岗楼，日本鬼子看他在岗楼上走，刚要开枪，他一个凌空飞跃，就扎到河里去了，敌人送他绰号“杜云飞”，意思就是“飞毛腿”，会“天”上飞。曹连升也是穷苦人家出身，和熊管、杜朋是儿时的伙伴。1953年开春，在城南与漾堤口之间做“摆脚”（即摆渡），因船遇到大风而翻，为抢救落水的乘客，曹连升最后溺水冻死。

1940年3月15日（并不是孙犁先生所写到的中秋节），夜晚十点多，漆黑一片，孙犁先生笔下的“熊氏三杰”（安新县锄奸团团长熊焕章领导的锄奸团团员）熊管、杜朋、曹连升，到了安新城南河村附近，在小南街，熊万东就住在这里。熊万东的房子在全县城最高，日寇岗楼也紧靠在这里。他们从熊万东房子后面的一棵大树上进到院子里，熊管进入熊万东居住的西屋，杜朋在当院警戒，曹连升把守大门。熊管进到屋子里，因和熊万东是远房叔侄关系，就要和熊万东借钱，情节和孙犁先生写的差不多。杜朋到厨房拿了一把刀，曹连升也进了屋子，随后，熊管从腰里拿出一根绳子，套住了熊万东的脖子，和曹连升一起勒死了熊万东，杜朋用菜刀砍下了熊万东的头，从床上扯下一条布单子包裹了起来。三人又走到北屋，看到熊万东的二儿子熊哲先和他的妻子刘菊仙，就押着这俩人悄悄出了新安县城，回到城西十八里的三台，胜利完成了任务。但是，日本鬼子把杜朋的父亲杜春亭老人抓走，要求换回熊哲先两口子，杜朋坚决拒绝了。杜春亭对敌人大骂不止，老人被残暴的日本鬼子捅了七刀，又大卸八块，为国尽忠。

至于英雄的牺牲，也与孙犁先生写的稍有出入。1941年冬天，马本斋的回民支队驻扎在三台，锄奸团派了杜朋、田章等四人在县城西关外放哨。西关外敌人挂有汽灯，严重影响我方的行动，因此要摘下它。那晚杜朋穿的是黑白毛皮袄，又多喝了点酒，晕乎乎地参加了摘汽灯行动。到了地点，杜朋摘下汽灯，被敌人发觉，田章轻声让他快走，杜朋因耳朵有点背，没有听见，还想去城楼上夺敌人一条枪，就没有和田章一起撤出去。等杜朋清醒过来，便往敌人设置的铁丝网外边跳，跳第二道时，铁丝网上尖利的蒺藜挂住了他的皮袄，扯响了网上的小铃铛，敌人一阵扫射，杜朋当场牺牲。田章无法把他背回，只好自己撤退。第二天，日本鬼子反复给杜朋照相，并让医生验看他脚心里是否有“长毛”，验证他是不是“飞毛腿”。“熊氏三杰”的故事，在张开明的著作《白洋淀传奇》里查得到（中国文联出版社2000年10月版）。

孙犁先生写《新安游记》时，其实是把“熊氏三杰”的事迹经过剪辑，以艺术化的手法再现了历史的真实，表现了中国人民的英勇与顽强。所谓的诗与真实，在孙犁先生的笔下得到了很好的结合与实践。土地改革时，他受到粗暴的批评，原因之一就是《新安游记》与史实不那么完全一样，说他写的锄奸英雄姓氏有误，汉奸恶霸的宅院写错了位置。孙犁先生是把《新安游记》当小说来写的，以此批判他，这不是驴头不对马嘴的关公战秦琼的荒诞剧吗！

其六，杨各庄突围与《碑》。抗战时期，冀中七分区机关和司令部，唯一一次受到损失，就是在杨各庄战斗中。1944年2月13日夜，在司令员于权伸的带领下，冀中七分区机关和司令部转战到安平县滹沱河边的杨各庄宿营。由于汉奸的告密，敌人动用安国、安平、深泽、定县和新乐五个县的兵力进行围攻，45区队三连和一连一部分为保卫司令部英勇抵抗，在突围中许多战士在冰冷的河水中被冻成冰，牺牲在那里。西赵庄、辽城（孙犁先生的老家）的许多群众寻找牺牲的战士，掩埋战士的遗体。1945年末，孙犁先生从延安回到冀中家乡，听说此事后，以深情之笔写了《碑》。

此事见张英《第45地区队的战斗历程》（《滹沱河畔的战火》，解放军出版社1991年5月版，第139页），张凯、杨铁夫、赵志和《保证作战胜利的通讯工作》（《滹沱河畔的战火》第198页），刘德荣《机要工作回忆》（《滹沱河畔的战火》第210页），张亮、刘其恒、张根生《安平县人民的抗日斗争》（《滹沱河畔的战火》第440页），张根生《噩耗传来，无限悲痛》（1944年2月14日日记）（《滹沱河风云》，吉林文史出版社1985年11月版，第345—346页）。

1946年4月15日，《碑》发表于《冀中导报》。两个多月后，6月30日《晋察冀日报》发表了白桦批评孙犁作品《碑》的一篇文章（作者白桦生平不详，既不是解放后天津市委宣传部前部长白桦，也不是著名作家白桦），他对这篇文章大加鞭伐，颇有“诛心”的味道。1946年7月31日，孙犁先生在致康濯的信里，对白桦的批评进行了认真、详细的反驳，并说“这个批评我觉得不够实事求是”（孙犁《致康濯信》，《芸斋书简》上册，山东画报出版社1998年6月版，第32—35页）。可惜这只是一封私人间的通信，当时并没有公开，直到康濯去世几年了，孙犁先生也失去了活动能力以后，这封信才被公之于世。

孙犁先生在多伦道寓所

其实，就算公开了，在当时那种“左”的环境之下，只能加重孙犁先生的负担，并不能帮他解脱。不久之后，他又遭到错误的批判，不得不放下手中的笔，带着沉重的包袱，到饶阳大官亭一带去搞土改了。

这真是历史的长河里无可奈何的悲剧。

附记：在孙犁先生逝世八周年纪念日来临之际，承蒙鲁迅文学奖获得者、著名诗人、《天津文学》编辑林雪，《天津文学》副主编吕舒怀，《天津文学》主编张映勤的厚爱，此文在很短的时间内在《天津文学》上刊出，这就是对孙犁先生最好的纪念。深情厚谊，令人感动。

笼子里的挣扎

——1975年的孙犁

按说，一个作家去世以后，后人编辑他的全集，应该把能找到的他的文字都编辑进去，但是，在为人民文学出版社编校《孙犁全集》的时候，我和《孙犁全集》的另一编校者、孙犁研究会的秘书长刘宗武先生先后多次进行严肃、认真的商量，并征得孙先生的哲嗣孙晓达的同意，决定不收1975年3月11日孙犁致韩映山的一封信。

在这封信里，孙犁先生主要讲了他和张女士结婚后的烦恼，以及对张女士的评价。1970年，孙犁先生尚被监督劳动，他的老伴就在悲惨的境遇中死去了。后经魏巍的介绍，他与远在江西的张女士结了婚。但因为某种原因，后来两人又离婚了。孙犁先生在给韩映山的信里，对这件事进行了评说。作为当事人的一方，他对张女士说了一些个人色彩很浓的话，甚至是很赌气的话。毋庸讳言，《孙犁全集》未收进这封信，我们不怕有损孙犁先生的形象，而是怕伤害了当事人的另一方。

1975年，在历史发展的长河里，只是一个普通的年份，但在中国当代历史里，却是一个特殊的年份。“文化大革命”到了后期，中国国民经济处于崩溃的边缘，此时邓小平同志重新出来主持工作，中国国内各方面刚有一点生机。

但是，到了1976年，周恩来、朱德、毛泽东等相继去世，“四人帮”加紧了篡党夺权的步伐，这是明眼人都能看出来的事，1975年正是大风暴来临之前夜。1976年1月13日，孙犁先生就在《书衣文录·画禅室随笔》条里写道：

> 今晚至邻居家看电视：向总理遗体告别。
>
> 余多年不看电影，今晚所见，老一代发皆霜白，不胜悲感。邓（小平）尚能自持，然恐不能久居政府矣。

那么，处于这大风暴来临之前的孙犁先生在这一年又干了些什么呢？他的思想又是如何的呢？

如同1974年一样，在1975年，他除了正常地到报社看稿，余下的时间，大部分都用来包书衣了，并且包完书衣，他都要在上面仔细地题字，记下该书的所来之处、包书时的感想、书的版本情况等。也许当初孙犁先生并没有想到发表它们，但日后辑成的著名的《书衣文录》，却使读者耳目一新，不能不赞叹他的“书衣体”。孙犁先生一生没有记日记的习惯，但就是这些书衣文为人们了解他、研究他，准备了丰富、翔实的材料。

这一年，孙犁先生写的书衣文，将近140条，从1956年到1994年，他的全部书衣文里，1975年写的几乎占了四分之一，可见1975年对他的特殊性。

经过“文化大革命”，一向不谙世事的孙犁，仍然不改文人的秉性，爱书、买书、读书（当然，书是写不成了）。就目前保存下来的他给冉淮舟的一封信、给韩映山的两封信来看，给冉淮舟的信就是讲买书的。给冉淮舟的信写于1975年1月24日，是在春节前后，信中说：

> 便中请你向旧书店联系，看有无下列书，如有干净整齐者代我买下为盼。
>
> 一、《唐才子传》（任何版本）
>
> 二、谢无量《中国大文学史》
>
> 三、《管子》一部

而这年他最早包书，就是在这一天。当天下午，他拣出《版本通义》翻阅，并在书衣上题字，记述他在这一天参加的一次聚会：“昨日大雪，今晨小散来约午饭，余持杖行，马路结冰，行人车辆皆兢兢，而儿童在中间纷乱滑行，或遇小学生持铲破冰，交通益阻塞。余谨步慢行，一小时始至梁家。所陪客皆一九三八年所识，抚今思昔，不胜感慨。归来时，天晴冰化，一路泥水，然往返无失，又证年轻时走步锻炼之有素矣。”

文中的“小散”，指散帼英，梁斌的夫人，曾在天津日报社下边的《蓝盾》杂志社工作，就我有限的几次接触看，她相当能干，在梁斌研究会成立、梁斌去世、梁斌去世五周年纪念等事情上，都是一个出色的组织者。“梁家”，就是指梁斌家；“陪客”，据我了解，席间有路一、王林、杨循等。

路一（1912—1997），原名张玉祥，河北蠡县人，“左联”时期前后主编出版文艺刊物《荒草》《熔炉》周刊和《文学导报》等。1938年春，他被调入冀中军区政治部宣传部，任《前线报》《红星》杂志、《火线》杂志主编，孙犁就是在这个时候认识路一的。他记述道：“路（一）住在（安平县）侯町村。初见面，给我的印象太严肃了。他坐在一张太师椅上，冬天的军装外面，套了一件那时乡下人很少见到的风雨衣，腰系皮带，斜佩一把大盒子枪，加上他那黑而峻厉的面孔，颇使我望而生畏。”1939年，孙犁到冀西山地晋察冀通讯社工作；1941年秋季，路一到山地，孙犁请假随路一、傅铎回到冀中，并在南北郝村一带与王林、李英儒等一起编辑了《冀中一日》。之后不久，孙犁就随梁斌一起，跟随八路军三十三团，在青纱帐里开始了反“扫荡”，并几次和日本鬼子遭遇。孙犁对路一的评价是：“路是很热情爽快的人。”

至于王林，孙犁先生第一次见他时，他正在子文镇的街上贴宣传标语。那时候他已经在报刊上发表了不少文章，其长篇小说《幽僻的村庄》出版后，曾先后两次寄给鲁迅先生，我在读鲁迅先生的日记时，看到先生作了记录。

杨循也是从冀中出来的老人，解放后任天津日报社经理。

现在无从查证孙犁先生在梁斌家的这次聚会上，都说了些什么内容。劫后余生，估计他们谈起年轻时的理想、死去的烈士和当今的状况，肯定是唏嘘不已，所以，孙犁先生说“抚今思昔，不胜感慨”。

这个时候，孙犁先生已经从天津北郊的干校回来，被允许回天津日报社文艺组上班了。经过了几年的风雨，天津日报社在静园的大楼里里外外都已变得破烂不堪。好的桌椅都被占领文艺阵地的人占领了，孙犁先生就用了调离这里的老同志的一张破桌子，自己搬了一把椅子，在组里坐下来，组长就宣布他的工作：登记来稿，复信。

孙犁先生是内行人，知道他目前担任的是文书或见习编辑的工作。他开始拆那些来稿，并进行登记，然后阅读。在他看来，那些来稿的质量较之前些年，已经大大地降低了，作者们大多数极不严肃，文字潦草，内容雷同，语言都是从报上抄来的。

孙犁先生的办公室里共有三个人，除了他还有董存章、达生。我不认识董存章。和达生认识，是由刘绍棠先生介绍的，达生原名生寿凯，和刘绍棠先生是北京大学的同学，我认识他时他在《今晚报》副刊部当主任，给我发表过很多稿子。在和我谈到孙犁先生时，达生总是充满了崇敬之情。在工作的时候，孙犁先生的桌子和董、达的桌子对在一起，孙先生觉得可以选用的稿子，就推给另外两人，请他们把一下关，然后再送给领导审。为了他看稿方便，另外两人都提出让他的桌子靠窗户，他一定要把头儿，并幽默地说三面为上，不要礼让了，仨人只好哈哈大笑了之。

孙犁先生的工资高，常拿些零钱为大家买点糖豆之类的零食吃，他的烟比另外两人的好，总免不了损失些，他往往面对着空瘪的烟盒哈哈大笑说："还有哩！还有哩！"

中午，在食堂吃过饭，孙犁先生就摆好几张椅子，枕着一捆报纸，在办公室睡觉，这对几年来过着非常生活的他，实在是一种暂时的、难得的享受。天气冷，他身上盖着一件破旧的抗日战争时期的战利品——日本军官的黄呢斗蓬（这是1945年他从延安到张家口，回冀中时诗人王炜送给他的），触景伤情地想：在那样残酷的年代，在野蛮的日本军国主义面前，我们的文艺队伍，我们的兄弟，也没有如此惨重的伤亡和损失，而有些灭绝人性的人竟然说，这个损失最小，比不上一次战役，比不上一次瘟疫！

孙犁先生就是在这种情况下，开始了大量地包书，并且一本本题字的生活。他把他的欢乐、忧伤、无奈和抗争，都通过文字表达了出来。

他首先不忘记谈论自己所喜爱的书籍。孙犁先生对买书的要求一直很高。1975年1月27日下午，他在《饮定元王恽承华事略补图》书衣上题字："余购置旧籍，最初按照鲁迅日记中之书账，按图索骥，颇为谨慎。"1975年10月2日，他在《搜神后记》书衣上说："在津解放之初，旧物充斥，有所谓早市者，尤为可观。间有书籍，然外行人亦难以廉价得善本。"这个时期，穷八路出身的孙犁没有那么多钱去买书，且还要抚养从老家搬到天津的家人，但他总是努力买下自己喜欢的书，然后孜孜不倦地阅读。

有一次，孙犁先生在和我闲聊时说："你看，你正在读大学，要抓紧读书。我没有上过大学，五六十年代的买书、读书，使我受益不少。”

书籍的命运，一如人的命运，有好的，也有坏的。主人的命运好，书的命运就好；反之，书的境遇就不会太好。对此，孙犁先生是有他清醒的认识的。1975年1月28日上午，他在包完《夷坚志》后就记道：

“书之遇，亦如人之遇。书在我室，适我无事，珍惜如掌上明珠，然此一时之遇也；一出我室，命运便难以设想。即在同一人手下，心情有变，亦会捆而售之收破烂者。然即此亦一时之遇也。”

证之孙犁先生的书，确实是书的境遇难料。1966年，“文化大革命”刚刚开始，他每天出去学习，家人认为，他存的那些书，不是好事，就把线装书抱到后面屋子里，前屋装新书的橱子，玻璃门都用白纸罩盖。但是，两天后，机关的“文革会”就派红卫兵来，把所有的书橱加上了封条。

秋冬之交，造反派以“压缩”为名，将后面屋隔断，每日有人在里面捆绑旧书，后又到前屋抄书，先生的一个女儿也在场，也以红卫兵的身份问：

“鲁迅的书，我可以留下吗？”

答曰：“可。”

“高尔基的呢？”

“不行。”

因此，“高尔基”被捆绑而去，“鲁迅”得以留在家中。1976年，孙犁先生在《鲁迅全集》上题书衣文时，对此还感慨不已：

“捆绑去的，受到的待遇是‘监护’。它们虽然经历了几年的播迁，倒换了几家的仓库，遇见过风吹雨打，虽略有残缺，但大体无伤。

“留在家中的，因为没有了书橱，又屡次被抄家，这些书，就只好屈尊，东堆一下，西放一下，有时与煤炭为伍，有时与垃圾同箱。长期掷于床铺之下，潮湿发霉，遇到生炉缺纸时，则被撕下几页，以为引火之助，化为云烟。

“当初这些书，在我手中，珍如拱璧，处以琉璃。物如有知，当深感前后生活之大变，一如晴雯之从怡红院被逐出也。”

孙犁先生的书，一是损失于抗日战争的战火里，一是损失于土地改革之时，那时候他因为“客里空”受到《冀中导报》的批判，农民到他家里，都把他的书拿去卷烟抽了。

再就是“文革”期间，他的书损失了很多。

但孙犁先生毕竟是爱书人，对于书籍的版本、源流、印刷、装帧等，十分注意和讲究。1975年1月25日上午，在给商务印书馆的“国学基本丛书”中的《毛诗注疏》包完书衣后，就在上面评论道：

“商务印书馆对传播中外文化，甚有功绩。所印书讲求质量，不惜小费……

“书局各有特点，开明颇惜纸张，字总小一号；北新印书除鲁迅作品外，流行甚少，但纸张格式大方；神州国光社形左实右，所存只有古董，水沫毛边好纸，印象颇深；真美善书店，只记得曾氏父子名字；生活书店印品浩瀚，有益当时，然今日在我案头，无一册；所藏仍以商务印本为多也。古籍读本，商务最佳，其影印古书，前无古人，后无来者，更无论矣。”

自不用多说，1975年，新华书店里的书不会多，印得不会好，内容可读的少。对此，孙犁先生当然不会视而不见。5月17日上午，雨后半晴，他给《欧阳永叔集》装完书衣，在上面题词道：

> 欧阳公可谓善为文者矣。观其晚年，尚在修改文稿，为身后百世读者着想，深为感动。为文者，当如是乎！然如此严正认真者甚少，故世上流传之佳作亦甚少。今日印刷进步，每日文字满街，当日无读者，况百世乎。

同日，他给商务印书馆“国学基本丛书”中的《国语》包完书衣后说：

> 此书购自书店。营业员不代顾客取书，只是监视顾客偷书。并以便利顾客为名，遂使书店变为阅览室。所到图书，无不狼藉，虽贵重典籍亦然，毫不珍惜。顾客招呼代取书，反不耐烦，甚至出语不逊，与菜市肉店无异。然购书者甚少，书店虽设于闹市，行人顺便浏览者多。如有小人书年画之类，则顽童打闹，地下滚爬，顾客步行艰难，无法检书，只好退出，此书店风景之大略也。虽此系十多年前情景。今日当大不同，闻书店门前，可罗雀矣。

民族文化之发展，关乎着民族的命运和未来，对于人们的不读书，一生追求文明和自由的孙犁先生自然是看在眼里，急在心里。虽然“文革”尚未过去，文禁还很严密，但他还是借助文字疾呼，表达一个知识分子的良心和抗争，这可以说是不顾个人的安危了。1975年3月，他在《书衣文录·“今日文化”》条里写道：

> 这是和平环境，这是各色人等，自然就有排挤竞争。人事纷纭，毁誉交至。红帽与黑帽齐飞，赞歌与咒骂迭唱。严霜所加，百花凋零；网罗所向，群鸟声噤。避祸尚恐不及，谁肯自投陷阱？遂至文坛荒芜，成了真正无声的中国。他们把持的文艺，已经不是为工农兵服务，是为少数野心家的政治赌博服务。戏剧只有样板，诗歌专会吹牛，绘图人体变形，歌曲胡叫乱喊。书店无书，售货员袖手睡去。青年无书，大好年光虚度。出版的东西，没人愿看。家家架上无自购之书，惟有机关发放之本，转日破烂回收，重新返回纸厂。如此轮回，空劳人力。

这一段话可说是那个年代奋力的呐喊，舍命的疾呼，谁能不为孙犁先生的铮铮铁骨动容？

按照孙犁先生的惯例，他的书衣文录，每一条都是以所包之书的书名为题的，对于“今日文化”这一条名称，我多方查找，也未找到这本书是什么样的性质。1989年我问过孙犁先生，“今日文化”是写什么的，他听明白我的意思后，朗朗地笑了，然后才告诉我：“段华，那不是一本书的名称，那只是我拟的书衣文的名号。”

呵，我明白了。

在评论书籍的印刷、源流之后，孙犁先生还对一些书的来历记忆犹新。买书时有的商贾厚道，有的却奸诈。1975年1月，他在《增评补图石头记》（下册）上面记述了一次买书受骗的事情：

> 余好买零散书籍于小摊，非定是吝惜小费，自幼养成习惯。常为小贩斯谩，价钱反较买新而成套者为昂。即如此《石头记》，原在墙子河边地摊上买得上册一本，后在劝业场楼上见下册，以为可以配全。小贩知是配书，当场涂改定价，竟多付一元与他。归后方知，前所买者为《万有文库》合订本，与此册页码并不衔接，仍是残书。今上册已送人，值此书籍困难之时，为之装点，并记经过如上。

相信每个爱书人，几乎都有类似的经历，也相信每个爱书人，都对自己喜欢的书记忆犹新。

3月14日，孙犁先生在《藏书纪事诗》上题字道：“1959年春，余从青岛转太湖疗养，遇组织善卷洞之游，过宜兴遇雨，同游者多选购小品陶器。余至书店，购得此书。辗转多年，今仍伴我。为之包装，聊抒旧侣之谊。”

10月1日，在雅雨堂原刊本《封氏闻见记》上题记："此书得于北大关冷巷中。一中年人，貌甚不扬，陈书于地，背墙而坐，潦倒殊甚。人无他技以求生活，几近于乞者矣。余之庸碌，本与彼等，今幸能优游闾巷，阅书地摊，则遭逢一时之不同耳。今天津无此冷清之地，亦无此冷清之人矣。

"今日国庆，庭院如市，街上人如潮涌，家人外出，余仍整旧籍，念冷巷书友，不知其下场如何。"

由书及人，由己及彼；又由人及书，由彼及己，书和人的命运，混在一起让人难分。

评价过别人的书，孙犁先生经过动乱，看到自己的著作，自然也不会心绪平静。在1974年的7月2日，冉淮舟把孙先生题字赠送的《风云初记》还赠他，孙犁先生就感慨万端："展读之下，如于隔世，再见故人。此情此景，甚难言矣。著作飘散，如失手足。"

而在1975年4月12日，他给《铁木前传》题字道：

"此四万五千字小书，余既以写至末章，得大病。后十年，又以此书，几至丧生。则此书于余，不祥之甚矣。然近年又以此书不存，颇思得之。春节时，见到林呐同志，嘱其于出版社书库中，代为寻觅。昨日，林以此本交人带来，附函喻之以久别之游子云，'当他突然返回家乡时，虽属满面灰尘，周身疮痍，也不会遭遇嫌弃的吧'。所找到之书，因弃掷过久，脏而且破，几与垃圾同朽矣。

"呜呼，书耳，虽属上层建筑，实无知之物。遭际于彼，并无喜怒，但能反射影响于作者，而作者非谓无知无情。世代多士，恋恋于斯，亦可哀矣。”

1956年的一天，孙犁先生写完《铁木前传》，突然眩晕，倒在桌子角上，晕了过去，从此进入十年的养病期。十年后，“文化大革命”开始，造反派到他家撬开桌子，说是要找《铁木后传》的手稿，所以孙犁先生说“又以此书，几至丧生”。

1990年，我曾经就《风云初记》《铁木前传》的人物问题询问过孙犁先生。问到《铁木前传》里的人物，他说木匠和铁匠就是他村里的人物。我又问他是否知道木匠和铁匠后来的命运，他说知道，接着他又补充道，作品里的人物的事情大部分和原型人物差不多，只不过他进行了艺术加工。

“《风云初记》人物的原型，你还年轻，不太了解，他们都知道。”孙犁先生又说。

“他们”，是指王林、梁斌他们。据晋察冀出来的剧作家张学新告诉我，过去孙犁先生赠给王林一册《风云初记》，扉页上的题字就是“王林同志索隐”，意思是王林可以看出小说里人物的原型。

1975年，已经62岁的孙犁先生回想自己的一生，无疑是既有激动，也有悲伤。5月31日，他包完《乐府诗集》，在上面题词道：

“昨夜忽拟自订年谱，然又怯于回忆往事。不能展望未来，不能抒写现实，不能追思过去。如此，则真不能执笔为文矣。”

此后不久，1975年6月1日，孙犁先生就写下了《〈善暗室纪年〉序》。感谢他这样的想法，这个年谱，为日后我们了解他相对完整的经历，留下了珍贵的第一手资料。而且这一篇序，在整个“文化大革命”期间，是孙犁先生除了书衣文录、书信和剧本《莲花淀》以外唯一的文章，对研究“文革”时期的孙犁具有独特的作用，可惜迄今没有引起研究者的注意。我每一次问到孙犁先生的经历，除个别经历外，他都让我读他的作品，特别是《善暗室纪年》，可见《纪年》在他心中的位置了。

孙犁先生写自己的《纪年》，并没有拔高自己，只是平和地说了自己干了什么事情。他在《序》里就说：

“这一年谱，就只能是记录：一己的履历，时代的流波，同行者的影子与声音，群众的帮助与爱护。

“其中，有个人的兴起振奋，也有自己的悲欢离合，有崎岖，也有坦途。……

“总之，在过去的几十年中，跟在队伍的后面，还幸而没有落荒。虽然缺少扬厉的姿态，所迈的步子，现在听起来，还是坚定有力的。对于伙伴，虽少临险舍身之勇，也无落井下石之咎。循迹反顾，无愧于心。”

——言语中充满人生的沧桑与沉郁。

也许是在写作《纪年》的过程中，伙伴们的身影在眼前频频重现，所以，在1975年，孙犁先生题写书衣文，其中多次出现友朋故旧的形象。

9月8日晚，他在远千里的诗集《三唱集》上题字：

“重装于1975年9月8日晚，再为此册题字，不禁泫然。

“我的字写得多难看！可是当时千里一定叫我写，我也竟写了。千里重友情，虽知我的字不好，还是要我写。”

有一次在潘家园旧书市场，我见过远千里的这本诗集，小32开，很薄，孙犁先生多次为其包衣并题字，可见他对战友情谊的珍视。12月19日晚，他又在《清稗类钞》上题字："余既于前夜哭骂出声，昨夜又梦辞职迁居等事。而慷慨助我者，则为千里。千里平头，扬扬如常日。此盖近日感寡助之痛，而使故人出现于梦境也。"

自从1938年春天，经路一的介绍，孙犁先生和远千里相识以后，两人在游击环境里建立了兄弟般的感情。远千里的第一个爱人为躲避日本鬼子的扫荡，掉在水井里牺牲了，孙犁先生就把她的牺牲作为《风云初记》里女县长李佩钟的结局，写在了小说里，以作纪念。1973年4月13日晚，孙犁先生在《三唱集》上题字时，对远千里进行了很高的评价，并说："珍重记述如上，以备身体较好，能有较详细的关于他的记述。"

果不其然，在"文化大革命"结束不久，1976年12月7日夜，可以写远千里了，孙犁先生马上写了《远的怀念》，发表在1978年第9期《人民文学》杂志上，结尾一段的几句话，虽写得安详舒缓，并不声泪俱下，但感动了千百万的读者："现在，不知他魂飞何处，或在丛莽，或在云天，或徘徊冥途，或审视谛听，不会很快就随风流散，无处召唤吧。"几年后，花山文艺出版社出版《远千里诗文集》，孙犁先生又题写了书名。远千里的这本诗文集，寒舍有备。

在孙犁先生晚年，很多人都认为他的字写得好，向他索要。其实，这是他长期习练的结果。1975年，他已经有意识地苦练书法了。5月20日，他就在罗振玉印本《六朝墓志菁英二编》上题词道：

“余幼年未认真习字，及至壮年，文字为活，虽有时以字体不佳为惭，偶尔练习，不能持久。购进字帖多种，即兴临摹，终无进步，然阅览稍多，乃知余字之最大缺点为不端正。近日书写，力求形体端正，不及他务。老年能写端正字，虽儿童之应有，但积习难改，仍当随时观览字帖，藉牢记字之结构状态也。”

及至晚年，孙犁先生的书法终于有了自己的特点，一下子就能让人认出来。他还在给写《小兵张嘎》的徐光耀、给韩映山以及给我的信中，传授他练习书法的经验。

1975年，孙犁先生在寻找着新的希望和生机，他并不仅仅一味沉浸在书籍里不能自拔。

5月27日，他在罗振玉印本《六朝墓志菁英》上题字：“昨晚乱梦，晨五时半起，沿多伦道向海河方向行，过嫩江路再一横路，折而右行，至鞍山道口。门牌鲜明，门户未启，仰视楼上，窗帘花丽。主人未醒，往返徘徊。”

12月30日，他又在《续古文苑》第四册上题字：“在短短的三个月中，你在我的感情的园林里，形成一棵大树。你独承阳光，浓阴布地，俯视小草。”

我现在无法推测那几个月孙犁先生的感情发生了什么变化，但可以肯定他在抗争中寻找着寄托，寻找着生活的美好和希望。

但是，在承受政治压力的同时，孙犁先生在家庭生活中也承受着巨大的压力。1975年3月11日，孙犁先生写给韩映山的信里，说得已经很清楚了，他决定与张女士离婚，并且“已通知她的单位”。其实，在他的书衣文里，纠纷和他的心情屡次表露出来。

3月17日晚，他在《现存元人杂剧书录》上题：“有晚离不如早离之想。”

4月7日晚，在《许庾学林》上题：“其来也不意，其去也不解，如花如露，如影如幻。晚年脆弱，非幸遇也。”

4月8日上午，在《唐代长安与西域文明》上题字：“追怀近事，心实惑之”。

5月16日在《古今谭概》上题字：“此书开卷，谈决裂担误之因，使余两月来大惑不解之迷，顿然觉悟。所有过失，皆因迂与怯耳。”

最终的结果，孙犁先生终于和张女士离异，结束了这段维持不下去的婚姻。从目前能找到的1975年孙犁先生仅存的几封信看，6月24日给韩映山的信里，他写道：

“我有很多缺点，你知道一些，有些不知道，其中最重要的是寡识和寡断。由于这种性格，我想等事情有个最后结果再告诉你，现在总算有了个结果，终于离开了。

“这件事，只能作为我个人的痛苦而严重的经验教训结束。”

现在回过头来看，孙犁先生晚年一个人生活，从表面上说是一种悲苦，但就因为这样他才得以集中精力，为读者奉献出大量精神食粮，为中国文化的发展添砖加瓦。

世界的变化有时候就是这样大：1935年，孙犁先生正在苦苦寻找自己的未来，一年后他到白洋淀边的同口小学教书，为日后写作《荷花淀》等脍炙人口的作品打下了十分重要的基础。

1945年，孙犁先生从延安回到冀中，开始了新的工作，为他写作《村歌》等作品准备了深厚的生活基础。

1955年，孙犁先生正在为写作《铁木前传》作准备。

1965年，在“文化大革命”开始的前一年，孙犁先生写了两篇文章，一篇叫《烈士陵园》，发表在9月18日的《人民日报》上；另外一篇，当时没有发表，后想发表，刚打出清样，“文化大革命”开始了，文章被挂在大楼走廊里供人批判，批判之后就被人烧掉，灰飞烟灭了。

1975年，孙犁先生开始练书法、大规模包书、家庭离异，他与命运作着搏斗。

1985年7月5日，我去看他，他的创作力正盛，全国各地读者在追寻着他的作品。

孙犁先生在多伦道寓所

1995年5月，孙犁先生偶感风寒，身体虚弱。6月7日，他给老朋友吕剑写了一封短信后，从此再没有写文章。这年的11月，他晚年最后一部作品集《曲终集》由百花文艺出版社出版。

到2005年7月11日，却是孙犁先生逝世三周年的忌日了。

世事变化就是这么快，回头审视1975年的孙犁先生，我一直认为为书包衣、题字，既磨炼了他的书法，也冶炼了他的思想，更锻炼了他的文笔，为他在新时期刚刚开始就为读者奉献出大批精神食粮，进行了思想和文字上的恢复、训练、准备。

审视那时候的孙犁先生，可以说是处于内忧外患、无可奈何，甚至有时狼狈不堪的境地。但是，他不屈服，不气馁，以铮铮硬骨用自己特有的方式进行着挣扎和抗争。我甚至有理由相信，孙犁先生可能每天早上都会站在窗前凝视着升起的太阳，看金色的光芒洒遍大地，憧憬着未来。

我所了解的一段文坛往事

2007年7月8日，《天津日报》的《满庭芳》副刊上发表了孙玉蓉写的《孙犁代吕正操为〈王林选集〉作序》一文，为读者披露了百花文艺出版社1990年12月出版的《王林选集》中，署名吕正操将军的《序》，是孙犁先生所作一事，这是由年逾八旬的老作家张学新讲述出来的。此事是真的，但与我了解的有所出入。

张学新先生在20世纪90年代就向我讲述过此事。我写的有关晋察冀作家的书稿《山野里的灵光》中，有篇文章叫《冀中的莫里哀》，其中也提过这件事；但出于某种考虑，我看到孙玉蓉的文章后，才公开发表这一段。

张学新先生告诉我此事后，我曾在解放军艺术学院当面向知情的冉淮舟先生询问过。《冀中的莫里哀》发表后，我在2008年4月10日给冉淮舟先生寄去复印件，请他转给王林先生的哲嗣王端阳，同时在信中又询问了孙犁先生代吕正操为《王林选集》作序一事。5月10日，冉先生回信大致说明了此事。

《王林选集》序言，准确地说是由孙犁先生替吕正操起草，这是1986年的事情，冉先生当时看到的是复印稿，他只想到是孙犁先生留下了手稿，并未想到也有可能是刘燕瑾（王林夫人）同志留下了手稿。

吕正操将军对于他署名的文稿，一向极为严肃。一般情况是这样，他要写篇什么东西，总是先向协助他起草稿子的人讲清自己的意图和写些什么内容，待草稿写出后，他还逐字逐句斟酌，一遍一遍修改。孙犁先生起草的《王林选集》序言，吕正操将军认为简单了一些，于是向冉先生讲了要补充的内容。下面几段文字，是后加上去的：

> 王林于创作之同时，即从事革命工作，京沪、平津，均有其足迹。曾参与“一二·九”学生运动，继而入东北军学兵队，参加西安事变。
>
> “七七”事变，抗日军兴，余率部回师北上，于安国初识王林，疑为田舍子弟，敦厚淳朴，童颜笑面，印象尤深。后得知他与孙志远早于北平相识；与黄敬于大学期间，为从事学运之同窗好友。因之余及黄敬、孙志远每与王林相聚，总是谈笑风生，别有情致。
>
> 王林为人开朗，富有风趣，能接近群众，妇孺多识其名。从抗战至解放战争胜利，他始终在冀中坚持工作，誓与故土乡亲共存亡，不愧为冀中人民的好儿子。

在以上三段话中，除了“‘七七’事变，抗日军兴，余率部回师北上，初识王林”为原稿所有，其余都是后加上去的。

冉先生就是在复印稿上直接修改的，如果是孙犁先生的手稿，他说他肯定会再抄一份，在抄稿上修改。因为原稿比较乱，冉誊抄一份后才送《人民日报》发表。改动的复印稿，交给了将军当时的秘书。我写书话谈及此事，为准确起见，冉先生又找了吕老现在的秘书，想看那份改动稿，秘书回答说20多前的事了，秘书换了好几任，就是还存着这份稿子，如果不是彻底清查资料，一时半会儿怕也难于找到。冉先生又问王端阳看没看到过手稿或复印稿，端阳说没有看见过，回头问问他母亲。不讲问的结果如何，我们有理由相信，手稿一定存在，不在端阳家，就在孙犁先生子女处。有一次，吕正操将军的儿子吕彤羽给我打电话，说聂荣臻元帅的女儿聂力将军，问我这里是否有回民支队司令马本斋和聂将军她母亲的照片。我也在电话中顺便请吕彤羽找找上边所说的孙犁先生的文稿，他也说不太清楚。

冉淮舟先生刚拿到《王林选集》序的复印件时，心中一怔，认为孙犁先生写得有点勉强，才五六百字。两年后——1988年5月9日，孙犁先生写了小说《罗汉松》一文，不少人认为文中的主人公原型就是王林。吕正操将军和刘沙同志看到后也有意见，认为写得不符合实际情况，冉先生后来在他的《孙犁二讲》中，也对《罗汉松》提出了批评意见。

孙犁先生在《罗汉松》中写的是不是王林，写得是否符合实际，因他已经作古，再说《罗汉松》本身也是小说，我就不好说什么了。但孙犁、王林作为两个相识相交近半个世纪的老战友，在交往过程中的一些细节呈现，也许能够让外人一窥二人友情的变化轨迹。

孙犁和王林最初相识于1937年冬天，在孙犁家乡河北安平县子文镇的街头，那时王林正在大街上张贴广告，招收剧团演员。1939年春天，孙犁调到冀西山地晋察冀通讯社工作，是由七地委书记签名、王林起草的介绍信。两人虽相隔两地，敌人的据点如林，不能相见，却友情不断。

1941年秋季，孙犁请假随到路西的路一一起回冀中，同行者还有傅铎。回去后，王林、路一陪孙犁到家，见到久别的家人，场景如同他的小说《嘱咐》中，抗战八年胜利后回家的八路军战士水生见到妻子时那样。

此时，王林正主持编选著名的《冀中一日》，在发动群众阶段，还选了孙犁的一篇文章作范文，向群众宣读。此时，王林就邀请孙犁参加《冀中一日》的编选工作，孙犁还根据看稿心得，写了《区村和连队的文学写作课本》一书，即后来多次印刷的《写作入门》《文艺学习》。几年前，在为人民文学出版社编校《孙犁全集》搜集资料时，我曾经在北京军区资料室保存下来的、全世界唯一一套1941年的《抗敌三日刊》上，查到孙犁写的《观察和思维》，副题为《摘自〈从王隽闻的长篇《平原上》引起的二三问题〉》（王隽闻即王林）。摘出的部分虽然不太长，但从副题可看出他写得比较长。1943年2月13日，孙犁在平山写了《二月通信——寄给一个没有到会的参议员》，在八天后的《晋察冀日报》上发表。1962年8月9日夜晚，孙犁还为这封信写了一个后记，明确说这封信是写给王林的。1945年秋天，已经因《荷花淀》《芦花荡》等作品出名的孙犁从延安载誉归来，回到冀中时，在家住数日，就专门找王林，被王林拉着为烈士纪念塔题字、撰写碑文等。1949年王林的长篇小说《腹地》出版时，孙犁亲自写了评论文章，对它给予很高的评价。而孙犁的《白洋淀纪事》出版后，王林更是连续写了三篇文章，热情洋溢地评价这本书。

那么，这么一对战友，晚年到底产生了什么隔阂？在战争年代相扶相助，为什么在和平时期，却对彼此有了不太和谐的看法呢？复杂的原因，恐怕不是三言两语能说清的。孙犁在1985年8月24日的《善暗室纪年摘抄》里有些记述，颇可引人深思：

和王林骑车南行，我要回家，王说："现在正土改试点，不知你为什么还老是回家？"意恐我通风报信，我无此意，回家是因为家中妻儿无人照料。冬，土改会议，气氛甚左。王林组长，本拟先谈孔厥。我以没有政治经验，不知此次会议的严重性，又急于想知道自己家庭是什么成分，要求先讨论自己，遂陷重围。有些意见，不能接受，谈了些感情用事的话。会议僵持不下，遂被"搬石头"，静坐于他室，即隔离也。

孙犁受批判的这个场景，恰好被梁斌见到了，他在《一个小说家的自述》中写道：

尹哲叫我到报社和文联去看看，我到了报社，支部书记是朱子强。我到了文联小组，有王林、孙犁、王钊、孔厥、方纪等人，王林任小组长。当我走进这间房子时，王林正在质询孙犁和孙舞阳的关系。孙犁他们村里，有个叫孙舞阳的，是张荫梧委任的县长，孙犁对此问题很觉为难。我带着这个问题回到秘书处，尹哲说："孙犁没问题，你快去！"

我回到文联小组，对孙犁的问题说了一些缓解的话。王林很为恼火，红着脖子和脸，说："那，你当小组长吧，我不当了！"说着，拂袖而去。当下就是冷场，我只好主持会议。但是，此事朱子强并不知道。

解放后，梁斌还是隐隐约约感觉出来孙犁与王林之间的细微变化，这在他的文章中也有记述；什么样的变化，梁先生没有详细说。是不是这事刺伤了孙犁那颗敏感的作家之心，给日后留下了某种根源，我们无从推测；孙犁、梁斌、王林这"冀中三杰"也先后作古，给后人留下各种遐思，不知道这是时代的悲剧，抑或个人的恩怨，总之，都无从探明原因，真相随三老驾鹤西去而带进历史的长河里了。

孙犁晚年的一场论战

论战的来龙去脉

在为人民文学出版社编《孙犁全集》的时候，韩映山的大儿子韩大星给我提供的孙犁致韩映山的全部信件里，有一封1993年11月23日的长信，过去没有公开发表过，讲的是孙犁先生晚年因一封信惹来麻烦的事情。因为这次麻烦，他在1994年写了好几篇文章进行反击，这在他一生中是第一次也是仅有的一次；而且这一次论战对他晚年的身体状况产生了很大的影响。

谁都知道孙犁先生一生谨小慎微，不轻易做出冲动的事情，但这并不说明他对什么事情都逆来顺受。20世纪50年代，诗人鲁藜因受“胡风案件”的影响，孙犁先生帮他说过一些公道话，自己也差点受到打击。1946年，孙犁先生回到冀中区工作，有一次区党委召开会议，会议开得很隆重，冀中军区司令员和区党委组织部长都参加了，在会上一个管戏剧的小头头忽然提出：“秦兆阳反对演京剧，和王实味一样！”孙犁先生刚从延安回来不久，对王实味“问题”的性质、严重性很清楚，尽管心有余悸，一听这话他还是马上站起来，往前走了两步扶着冀中军区司令员的椅背大声说：“怎么能说反对唱京戏就是王实味呢，能这样联系吗？”

孙犁先生出人意外的举动，激昂的语气，使得司令员回头望了他半天。好在组织部长和他有一面之交，替他打了几句圆场，他才有惊无险。当时秦兆阳不在场，事后一直到秦先生去世，孙犁先生也从来没有提过这件事。再过不久，写小说《新儿女英雄传》的孔厥夫妇来冀中区下乡、写作，土地会议时三言两语还没说清楚罪名，组长王林就宣布开除孔的党籍。孙犁先生和他坐在同一铺炕上再没有说一句话——前几天他已经被“搬了石头”，没有说话的权利了。

孙犁先生晚年这次与人论战，与替鲁藜、秦兆阳说话当然在性质上不同，前两件事政治象征的成分多，一说这事大家都能理解。这次论战范围却不那么广泛，只限于圈内的人知晓——甚至只是圈内的某些人知道来龙去脉：论战的双方只有他和对手两个人，论题也仅限于他们两人文章里的某些话。严格来说叫两个人的论争吧。

事情的过程说起来也简单。

1992年，贾平凹要创办《美文》杂志，就给孙犁先生写了一封信，派人到天津向他约稿。4月25日，孙犁先生先给贾平凹写了一封信，谈到当前的散文，说有些名家也不注意语法修辞。写到这里，他要举个例证，正好旁边有一张广州赠阅的周末性质的报纸，有一句不通的话映入了他的眼帘，他就随手写上了：

> 我仍以为，所谓美，在于朴素自然。以文章而论，则当重视真情实感，修辞语法。另有名家，不注意行文规范，以新潮自居，文字已大不通，遑谈美文！例如这样的句子‘未必不会不长得青枝绿叶’，他本意是肯定，但连用三个否定词，就把人绕糊涂了。

贾平凹把孙犁先生这封信在《美文》杂志创刊号上刊登了，不久有几家刊物作了转载。现在看来，孙犁先生的这一段话，不会有什么恶意，因为双方素不相识，谈不上恩怨，也从来没有其他事情的过节。大约那位作家认为孙犁先生是存心讥讽，所以，在看到《美文》杂志创刊号上这封信不久，就写了一篇较长的文章《智慧之美》——可以说是反击文章吧，发表在天津的一家晚报上；在天津另一家自由谈文学的杂志上发表《要么回家，要么闭嘴》，借球王贝利的这句话喝令孙犁先生“要么回家，要么闭嘴”。

此后几年，这位作家陆陆续续又发表了不少这样的文章，孙犁先生看到一些后，也都没有说什么。但没有说什么并不代表他没有想法，总的来说他还是比较生气的。在《智慧之美》刊出几天后，那时候我还在南开大学读书，有一天下午到孙犁先生家里去，刚到门口，碰到保姆杨玉珍，她就急切地告诉我：“你快去看看吧，大叔正为《智慧之美》生气呢。”我进到屋里，看见孙犁先生正独自坐在书桌后面默默地往外看着；他有抽烟的习惯，那一刻却没有抽烟，窗外明亮的光线与室内暗一些的光把他反射成一幅剪影。他没有像往常一样给我倒水，拿糖果吃，只简单地指指沙发说："坐吧。"我们俩坐了好几分钟都没有说话，我开口刚说："听说您在生气……"孙犁先生马上摆摆手说："段华，你还年轻，不要打听、不要掺和这事。"当时我才22岁，孙犁先生认为我还是大学生，涉世不深，牵涉进来会有难以承受的麻烦；话说到这份上，我当然不能也不会再掺和这事儿。坐了一会儿，我发现他也没有像往常一样谈笑风生，而是沉默寡言，一直默默地望着窗外，想着什么。我只好告辞，他也没有像以往那样送我到门口，只是简单地说："你走好。"

此后两年多，我多次到孙犁先生那里去，无论是我们两个人在一起，还是有其他人在场，我都再也没有听到他谈论这件事。但现在从他给韩映山的这封信里看，对方的文章对他的刺激还是很大的。1994年4月18日，梁斌文学研究会成立，我到天津参加会议，会议中间，我和徐光耀、韩映山一起去看孙犁先生；他们三人谈到这件事的时候，我恪守孙先生的话只是静听，一句也没有插言。谈到这件事情，孙犁先生的中心只有两点：一是自己没有恶意，二是看那个作家有没有胆量把这句话别改动，收进文集里去。韩映山当时表示写一篇文章进行反驳，孙犁先生马上进行了劝阻。

但是，人对任何事情的容忍都是有限度的，伟人如此，凡人如此，孙犁先生也是这样。反击的文章一篇篇映眼而来，一向冷静的他一忍再忍、忍无可忍，终于忍不住了，从1994年8月15日开始，到9月20日结束，连续写了八篇文章，对那位作家进行了反击。我曾经说过，晚年的孙犁先生每一个阶段写文章都对题材、体裁有侧重点，而他写杂文却以论战作收笔，不能不让人扼腕叹惜。

孙犁反击的主要论点

孙犁先生首先说明了为什么写论战文章。他说，新中国成立之初，有语言学家对一些青年作家——包括他自己在内的病句，进行了批评，并标出作者姓名和篇名，看过以后，大家记住不再犯就是了。中国文学史上，有很多例证，同行朋友间互相改错，成为佳话；叶圣陶先生在刊物上还办过“文章病院”，专挑有毛病的字句。但在今天，则行不通，偶尔举个不通的句子，既不提作者姓名，也不标病句出处，也未能得到宽容，“偶然指出他的一个病句，便怒火冲天，连续写文章，攻击人家。整整三年了，还未停止”，“这并不是文学规律发生了变化，而是作家素质和观念，发生了变异”。“当我看到第一次攻击我的文章时，以为究竟是个作家，好面子，发泄一下，也是应该的，我就没有说话。”

对于对方说的“你的风光已经过了，不服气不行”，孙犁先生说：“我没有好风光，谈不上过去不过去。我的文学之路，是战争的路，是饥寒交迫、风雨交加、枪林弹雨的路。不是出入大酒店，上下领奖台的短促的路。”也许有人认为孙犁先生这一代进入了“被冷落”“有失落感”的状态，对此，他说：“我个人的感觉是，我们革命一生，虽无多大的功劳，但也有一些苦劳，也没有做过对不起国家和人民的事情。及至老年，本身虽无能为力，国家和人民也不会轻易就无缘无故，把我们打入‘冷宫’，叫我们度寒岁……回顾一生，巡视周围，自己好像总是处于中间状态，或称中庸，或称中流，或称中等。仰望浮云，俯视流水，无愧于己心，无怨于他人。”

至于对方把孙犁先生和青年对立起来，他也不以为然。解放初期，先生仅仅36岁，编辑《天津日报》的文艺副刊，确实为刘绍棠、从维熙等青年作家的成长，作了不少努力，那时候他自己也在青年作家之列。孙犁先生第二次和青年作家联系紧密，是在1978年以后，他实事求是地对几个青年作家的作品进行了评论。但他发现凡是说了一些不同看法的，关系就冷却下来；谈了好处的，来往就多了一些。但孙犁先生并没有马上洗洗手脸，跑到他们面前伸出友谊之手求得他们的“原谅”：他是以一个艺术家的姿态在和青年人交往，他也从来不希望自己的身边有一拨人围着他转。说孙犁先生对“继往开来的一代作家，不尊重”，他困惑地反问：“我不明白，为什么指出一个作家、一篇散文的一个病句，便是对一代人不友好。”

对于说他独霸文坛，他更是不以为然。文坛本是香火地，官场是在文艺团体及其庞大的附属机构中。孙犁先生一向对这些地方采取敬而远之的态度。历次文代会，他几乎都未参加，更未广交朋友，结为团伙，拉选票，谋职位。当然，他也是关心文艺前途的，他说：“因为文艺和国家民族的前途息息相关。革命一生，不希望共和国有什么不幸。因为我青年时，曾为它作过一些牺牲和奉献。”

孙犁先生从十几岁开始爱好文学，对此道充满了幻想，并以此为指引参加了抗日战争和解放战争，奉献了青春。进入新时期以后，孙犁先生出于激情，以为一切可以恢复旧事，1978年就曾到北京参加一次作协代表大会，并在李季的鼓动下作了简短的发言。但是，参会的结果很使他失望，那些参加的人的举止、言谈，都使他坐不下去，主席刚刚宣布开会，他就托词头痛，退了出来。这是孙犁先生最后一次和这种文艺团体接触。所以，他在给贾平凹那封信的末尾，说是要离文坛远些了。孙犁先生在反驳对方的文章里说："我的一生，曾提出过两次'离得远些'。一次是离政治远一点，有人批这是小资产阶级的论点，但我的作品，赖此，得存活至今。这一次是说离文坛远一点。"但是，一种职业一种环境，你想进入里面，当初并不容易；及至你产生厌倦，想离开它也不是那么容易摆脱的，何况孙犁先生一生的工作都为文坛作了贡献，树了典范。他愤怒地反问："文坛乃人民之文坛，国家之文坛，非一人一家，一伙人之文坛。为什么不允许别人注视它，这能禁止得住吗？不许人盯着它，就可以为所欲为吗？"

对有些似乎是人身攻击的话，如"下楼腿软，迎风流泪"，孙犁先生也反驳说："我虽然身体不好，但两条腿，因为当年的锻炼，一直很好，不只下楼如履平地，而且走路健步如飞。眼睛，虽然有人观察过，说是混浊，但视力颇佳，现在还可看新5号甚至6号小字，更没有迎风流泪的毛病。""尤可使一些人失望的，是去年大病手术之时，经权威医生鉴定，我的心脏、血管、肝、胰、胆，都出乎意料地好，不似80岁的人，而像60岁。因此，专家预测，可跨世纪……完全可以再和这些人周旋一段时间。"

论战对孙犁的影响

孙犁先生在论战中一共写了《"病句"的纠缠》《当代文事小记》《文场亲历记摘抄》《我和青年作家》《我与文艺团体》

《我观文学奖》《反嘲笑》和《作家的文化》八篇文章。综上所看，双方论战的论题，似乎并不重大，不类中国现代文学史上“国防文学”之类的论战，甚至从严格意义上说，也谈不上对等的论战：双方是你写你的，我谈我的。张学正先生在《巴金、孙犁的晚年心态》一文里（见《中华读书报》2004年6月17日第五版）中说晚年的孙犁“回顾过去，充满伤感；面对现实，一腔忧愤；展望未来，感到幻灭”，恐怕不是事实，有点以偏概全——但这次论战对孙犁先生最后几年的身心和写作产生了不良影响——引起了他的幻灭感，倒是事实。例如，他在一篇反驳的文章里甚至这样写道：

> 我每天兀坐在楼台上。我不知道，我现在看到的，是不是我青年时所梦想的，所追求的。我没有想再得到什么，只觉得身边有很多的累赘。
>
> 我时常想起青年时的一些伙伴，他们早已化为烟尘，他们看不到今天，我也不替他们抱憾。人有时晚死是幸运，有时早死也是幸运。

孙犁，这位80多岁的老人，在不被宽容中无可奈何地甚至可以说是悲怆地说出这些话，实在让人心中怆然，这不仅仅是对对手说的话，更是对社会现状的一种无奈。

孙犁先生去世两年了，在他生前，除了看他这些文章，关于这件事，我没有再和他提过一个字。在他写反击文章的时候，他在给我、徐光耀、韩映山，还有他的老同学邢海潮，《羊城晚报》的万振环等人的信里轻描淡写地写到过此事。但我从他在1993年11月23日给韩映山的信里知道，他是实在忍不下去才写那些文章的。虽然称为写，但实际上是他把平时读到的对手文章的感想连缀成篇而已。

那个对手也是我所尊重的一位70多岁的老作家，在我和他的交往中，我从未提到过他和孙犁先生的这次论战，也没问过他看到孙先生八篇文章后的感想。从维熙先生几次告诉我，那位先生几次在从先生家里说，和孙犁论争，他做错了。在我看来，这次论争难说对与错，是双方对彼此的理解有偏差，但对孙犁先生而言，似乎受伤害的程度更大一些，对他晚年日常的生活和写作影响更消极一些。

外围的观众并不会看明白是谁在和孙犁论争，论争的来龙去脉是什么，实际上，有机会把双方论争的文章都放在一起，人们也不会把此事弄得一清二楚。这当然是一个遗憾，无论是对观众抑或对孙犁先生，我相信孙犁先生是始终抱有这个遗憾的，一直到他2002年7月11日离开这个世界；也许他的灵魂不会遗憾，而是像他年轻时一样意气风发地战斗在如火如荼的峥嵘年代。

现在，我面前所出现的，就是孙犁先生——一个80多岁的老人坐在窗前朝外望着，他的思绪在白云与青山间飘游：不知道他是想起了在晋察冀的战斗岁月，还是那些情同手足的伙伴。现在展现在我面前的他，是一个侧面，一幅无言的剪影……

跋　一

《荷花的光影》出版，真是应了老祖先那句话“好事多磨”——十几年前，先是在江西某出版社工作的一个书友主动找我，要出版此书。那时候我被派到河南省工作，出版社与我签订了出版合同。孙犁先生的代表作《荷花淀》写的是抗日战争时期发生在冀中的故事，且他又是冀中人，在他唯一一部长篇小说《风云初记》里，他热情歌颂过冀中军区司令员吕正操将军；孙犁先生晚年到宾馆看望过的客人，丁玲之外，吕正操将军是唯一一个，他仍呼之为吕司令。所以我就央请冉淮舟先生出面，请吕正操将军题写了书名。遗憾的是，到将军去世，书也没有出版。为什么没出版，那朋友没说，我也没有问。

巧的是，经靳逊先生联络，同一城市的另一家出版社，也有出版此书的打算，此时我已援疆，在新疆兵团工作。我专门回北京与出版社签订了合同，责编也专程到北京复印了很多资料、照片，但再次遗憾，书到最后也没有出版。是什么原因，我同样也没有问。

此后这部书稿，我全权委托给靳逊先生，由他进行搜集、编选、归类、梳理，并多方联系出版社，后由刘宏先生协助，北方文艺出版社社长宋玉成先生愿意成人之美，此书的出版才尘埃落定。我十分感谢他们。他们为“犁迷”、为研究者、为孙犁先生做了一件大好事、大善事。

书付印前，我从新疆回来，带着大样从北京先后到河北、辽宁、吉林，边旅行边校阅，在渤海深处的广鹿岛上看完最后一页。回到北京，本来想立刻写序和跋，未料回京的第二天——8月21日，因脑梗昏迷在床近一年零七个月的家父突然病故，使我陷入巨大的悲痛之中，精神整天处于恍惚状态。当年，如果没有他的理解与支持，我不可能以一个中学生的身份，每年到天津看望孙犁先生。好在，我最近努力振作士气，希望尽快恢复到正常状态。本书的出版，也是我对家父的支持的一种纪念和回报吧。

有朋友不理解我为什么起此书名，我的意思是：以荷花暗喻孙犁先生，本书的文字记录了他的片光只影；读者阅读时，如同旅行在孙犁先生的故事里。有朋友对此产生疑问，看来是我自作聪明，有点弄巧成拙，但不再改书名了。

在这本书里，我企图给亲爱的读者提供一些有关孙犁先生的第一手资料，所以把他给我的部分信函也影印出来了。他写给我的信，在他生前发表的那部分，发表前我都会寄给他，请他审阅。发表出来的个别信，与原信偶尔有些许文字出入，我不知道是他改的，还是编辑改的，有兴趣的读者可以对照研读。

做任何事都会有遗憾。因为我在边疆实在太忙，无时间和精力打理此事，书稿皆由靳逊先生搜集、整理，所以有些文章他没有找到；否则，此书的文字会更丰满一些。如有机会再版，又能找到它们，再收进来吧。

孙犁先生去世以后，我和朋友们一起，为他编了选集、全集、纪念集。他诞辰百年纪念时，我没有参加任何纪念活动，却以我自己的方式纪念他：写了十篇文章分别在《文艺报》《天津日报》《今晚报》等处发表，现在再出版这本小册子；为先生做点事的计划，除编订《孙犁年谱》外，就要全部实现了。《孙犁年谱》我已完成十几万字，离竣工只一步之遥。我将尽快完成年谱，了却心愿。

最后再说一句：感谢靳逊先生，感谢刘宏先生，感谢宋玉成先生，感谢责编王爽女士及出版团队的共同努力。

是为跋。

段　华

2017 年 9 月 9 日于湖北省十堰市

跋　二

昨天下午，我陪着母亲从湖北十堰出发，沿途穿过一条条有名或无名的河，宽阔或逼仄的谷，一直到陕西西安，一路上都是大雨，烟雨迷蒙，云山雾罩。我在新疆工作六年，多次跋涉过茫茫戈壁孤烟大漠，很久没有看到、感受到这种墨绿、湿润的氛围了。我在车上阅读靳逊先生发过来的序跋修改稿，隐隐约约觉得还有话要说，但没有想清楚要说什么。母亲在后座安详地睡着了，一缕白发散漫在她的额头，显得如此苍老，不由得使我心酸。这些年，我忙于工作，对家人亏欠得实在太多了。

昨晚临睡之前，我慢慢翻阅《澹定集》，家父去世后，这是我第一次心情较平静地阅读。此时忽然想起了一些话，就记在了下面：

一、出版此书，有朋友建议我请个名人或文艺界职位高的人写序，以提高其档次或影响。我跟靳逊先生说，本书的文字都摆在那里，是否请别人写序，改变不了它们本来的模样；再说孙犁先生一生都不追名人，我也不想追了，因此，序跋都由我自己写吧。

二、我和孙犁先生的关系就是作者和读者、作家和崇拜者、老人和年轻人的关系，我从不敢说我是他的学生，连私淑弟子都不敢说。所以，我在写他的文字里从来没有称他为老师。我不想附骥，拉大旗作虎皮，就想安安静静地，搬个小板凳坐在一边，安心当他的忠实读者吧。

三、我的母亲不认识一个字，但她却会讲孙犁先生作品里的不少故事，会讲孙犁先生的一些事情，这都是平时我的父亲给她讲的。我在中学时代每年花费不少钱去旅行，增长见闻和知识，并多次看望孙犁先生，也是因为有母亲的支持。所以本书的出版，也包含着对我母亲的回报。

现在，西安天朗气清，一派秋高气爽的怡人景象。我真没有什么话想说了。昨晚临睡前，当我想明白了要说的几句话后，拿起《澹定集》来，在床头翻读，之后，酣然而眠，一觉睡到天光大亮。我很久没有过这样的睡眠了……

段　华

2017 年 9 月 10 日于陕西省西安市